咖啡醉人

咖啡醉人

765334 & 六色羽 合著

Family Sky 天空數位圖書出版

目錄

目錄 765334

咖啡機 7
幸運星 13
人生體悟 19
冰可可瑪奇朵—1 25
冰可可瑪奇朵—2 31
冰可可瑪奇朵—3 37
冰可可瑪奇朵—4 43
熱咖啡的溫暖—1 49
熱咖啡的溫暖—2 55
熱咖啡的溫暖—3 61
熱咖啡的溫暖—4 67
熱咖啡的溫暖—5 73
熱咖啡的溫暖—6 79

目錄 765334

黑咖啡—1 85
黑咖啡—2 91
黑咖啡—3 97
黑咖啡—4 103
黑咖啡—5 109
黑咖啡—6 115
前男友—1 121
前男友—2 127
前男友—3 133
前男友—4 139
前男友—5 145
前男友—6 151

目錄

六色羽

咖啡不是酒 159
圓豆與壞女人 163
雙尾美人魚 167
我己經習慣妳的存在 171
Irish Coffee—愛爾蘭咖啡 175
加鹽咖啡 179
咖啡的溫度 183
入豆 187
咖啡的靈巧妙用 191
西西里咖啡 195
咖啡的聲音 199
山中金鑽 203
香煎咖啡牛排 207

目錄

六色羽

半生不熟的溏心 211
咖啡雞湯 215
咖啡烤雞 221
焦糖爆米花咖啡 225
咖啡的冷萃 229
另一種咖啡因 233
你的召喚 237
摩卡想到麝香咖啡 241
咖啡因中毒的蜘蛛 245
值得等待的藍山咖啡 249
用錯名字的曼特寧 253
待消費者改變的店家 257

咖啡機

文：7653334

陽光普照的早晨，秋風掃落葉的街道。

身旁急匆匆的行人腳步，又是一個星期一的上班日。

依舊，怎麼樣都令人提不起勁。

順著道路，快步地走到了那扇熟悉的門口。

推開門，醉人的咖啡香迎面而來，像是一股溫暖的風，吹拂過雙頰。

店員親切的招呼聲，清新又動人，看著他們的朝氣蓬勃，似乎也為自己增添了一些動力。

走近櫃檯的途中，右手邊坐了一位男孩，專注地看著眼前的筆電，那認真的模樣，迷人地好帥氣。

站在櫃檯前，想都不用想，就能夠輕易地說出想點的咖啡。

「一杯熱的、輕的黑咖啡。」

等待的時間，看著店員熟練地煮著咖啡，輕輕淡淡地和我聊起今天的天氣、最近的新聞、生活的瑣事，這麼多的話題，就是沒有工作的煩擾。

真的很喜歡，這種小店的輕鬆。

不用勉強自己，就能馬上和店員熟絡起來，因為那是長久累積起來的默契。

接過咖啡，在給彼此祝福之後，我們互相道別。

握在手中咖啡的熱度，是一股暖流，從手心來到胸口，然後竄流在全身的上下。

風塵僕僕地來到辦公室，打開杯蓋，讓咖啡香氣四溢。

那穩定地香味，能安撫人心，準備展開忙碌的一天。

在電腦開機之前，先淺嚐一口，這燙口的苦味，馬上就讓大腦為之一振，身體的所有機能，全都醒了過來。

開啟大惡魔電子郵件之前，更需要大口的吞下一口，讓苦澀滑過的每一個器官，都正襟危坐地準備作戰。

快速地，由上到下瀏覽一遍電郵，去蕪存菁的剔除不重要的訊息，開始一一回覆重要的事項。

幸好有咖啡的提神，腦袋瓜方能迅速運轉，精準作業。

在聚精會神的同時，不時飄散到鼻尖的咖啡香，還能穩定自己的心情，不被太惱人的工作給困擾。

一杯小小的熱咖啡，不太大的體積，搖搖晃晃的液體，卻有著大大的功效。

尤其是在星期一的早晨，特別地需要它的存在，因為它的存在，就是最虔誠的信仰、最有效的心靈雞湯。

總是有書籍教導我們要如何提升工作效率，其實在我看來，這個訣竅非常簡單，只需要在辦公室裡放上一台咖啡機，再準備好各國的咖啡豆，讓同事們依其所好去選擇。

心情得到了放鬆與救贖，眼前討人厭的工作，看起來就會可愛許多。

幸運星

文：765334

每天早上都去光顧的那家早餐店，可以為每一位顧客客製化早餐及飲品。

而我每天早上，不論吃什麼早餐，都一定會搭配一杯美式咖啡。

因為不喜歡喝冷飲，所以在夏天的時候，早餐店老闆娘會幫我客製化成溫的美式咖啡，等到天氣稍微變冷，她就會幫我煮一杯溫度稍高的的美式咖啡。

這般細心的客製化享受，總是令我一再的光顧，而且捨不得換早餐店。

記得有一回，是先生去買早點，我交代他，我的美式咖啡要溫的。

先生一頭霧水的看著我，我吩咐他，儘管照我說的下單便是。

返家後，我第一時間就伸手去摸那杯咖啡。

果不其然，老闆娘沒讓我失望。

放好早餐，先生問我，是否跟老闆娘很熟？

我微笑，而不回答。

他說，當他說出要點溫的美式咖啡，老闆娘就發出了燦笑。

我與老闆娘這般的默契，猶如一條看不見的隱形紅線，線的兩端，牽引著我們，即便沒有看見彼此，也能知道對方的心思。

某個風和日麗的上班日早晨，我一如往常地來到了早餐店，卻發現，今天老闆娘並無站崗。

當我向店員下單溫的美式咖啡，店員一臉不解的看著我，滿臉疑惑。

我向他解釋：「就是熱的美式幫我加幾顆冰塊。」店員似懂非懂的點頭答應。

當我抵達辦公室，一時間忘了早上的遭遇，直接就喝下了一口咖啡。

那令人驚恐的燙口感受，直衝我的腦門而來。

這樣瞬間的慌亂，讓我差點就打翻手中的咖啡，幸好在如此緊急的時候，隔壁的同事伸出援手拯救了我。

她笑嘻嘻地調侃我，都幾歲的人了，怎麼還會被飲料燙到。

這番數落，我也只能用無奈的微笑回應她。

殊不知，因為一杯熱美式咖啡開啟的不美好早晨，竟然能影響了我一整天的工作。

不知道是何緣故，這一天做什麼事情都不順利。

就連當天中午，同事們邀約團購一家新開的便當店，我都能點到最雷的一個品項，簡直是屋漏偏逢連夜雨的最佳寫照。

接著，下午新進同仁的面試過程，一樣也不順利，竟然有面試者遲到了二十分鐘，還理直氣壯的要進辦公室。

這一整天的烏煙瘴氣，終於在刷下下班卡的這一瞬間結束了。

經歷這一切之後，我也發現了一個小秘密，原來，早餐店老闆娘是我的幸運星。

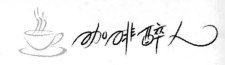

人生體悟

文：765334

悶了好久，終於有勇氣踏出家門聚會去。

一路上從公車轉捷運，週末出遊的人潮依舊不減。

疫情改變了很多人的生活，但似乎，並未降低大家出門呼吸新鮮空氣的渴望。

路上一樣的熙來人往，隔著口罩，看不出大家的神情，即便是掃過耳邊的笑聲，從他們的臉上，也看不出笑意，只能透過眼神，猜測對方的心情。

終於來到與朋友相約的咖啡廳，推開門，撲鼻而來的咖啡清香，與高朋滿座的熱鬧相融在一起。

這一切，令人重獲新生。

大口地用力吸氣，想要將隔著口罩的咖啡香，通通吸進鼻腔裡。

喜歡這樣沐浴在咖啡的洗禮，喜歡周圍的談話聲與吵雜聲，喜歡聽見杯盤碰撞發出的清脆聲響。

小小一間咖啡店，擠滿了活潑的朝氣。

一屁股坐在不算柔軟的沙發上，卻也喜歡這樣的復古風情。

本來不喜歡吃的甜點，卻因為眼睛受不了展示櫃的誘惑，而點了起司蛋糕。

唯一讓人必須精挑細選的，就是要喝什麼咖啡。

今天是個豔陽高照，又充滿活力朝氣的星期六。

拿鐵咖啡，過於甜膩，不適合。

那來個莊園吧，但是想到莊園的酸苦，又繼續往下瀏覽品項。

思來想去、挑來挑去，最終還是跟往常一樣，選了最愛的美式咖啡。

疫情過後唯一沒被改變的，大概就是口味了。

許久未見的朋友，一見面，話題便一發不可收拾。

從生活瑣事開始，聊到工作再聊到八卦，再談到感情，接著又可以談回生活瑣事。

平常像是兩忘於江湖的交情，卻總是能在見面的瞬間將友誼給馬上點燃。

一口起司蛋糕之後，喝一口美式咖啡。

原本蛋糕的甜，馬上被咖啡的苦給沖淡。

再喝了美式咖啡之後，緊接著補上一口起司蛋糕。

留在口中咖啡的苦，立刻就被起司蛋糕的甜膩給帶走。
這樣的反反覆覆，怎麼就好像我們的人生一般。
總是福禍相依，有苦有樂。
當我說出這番觀點，朋友們全都笑成了一團。
因為一場下午茶聚會，意外獲得了一個人生體悟。
輕柔的音樂繼續撥放著，搭配友人們的笑聲與談話聲。
這一個下午，真是過得太心滿意足了！
捨不得就這樣結束聚會，卻還是到了說再見的這一刻。
似乎又猶如人生一般，天下沒有不散的宴席。

但是在分離的這一刻，卻像是充飽了電，各自在人生的旅途上，持續奮戰著。

冰可可瑪奇朵—1

文：765334

男孩與女孩，相識於女孩的工作場所。

跨年夜的夜晚，氣溫很低，但是流動在空氣裡的氛圍，溫度很高，各式各樣的喜悅與開心，像是發亮的燈泡，亮得刺眼。

燈紅酒綠的這一晚，在喧囂與吵鬧的包圍之下，男孩的眼裡只看得見女孩。

那一夜之後，男孩每天晚上，都會來找女孩聊天。

不論颳風下雨，只要女孩在的時候，都會看見男孩的身影。

他們從陌生的員工與客人，成為了無所不談的朋友。

女孩下了班，依舊與男孩熱線不斷，這樣的模式，在不知不覺中，已經變成了他們兩個的日常。

三個月後，男孩因為工作，必須返回日本。

說不出口的依依不捨，哽在了女孩的心頭。

因為女孩知道，他們只是朋友，比一般朋友再好一點的朋友。

男孩離開了一個月之後，或許是因為思念，他找了個藉口，短暫的回到了台灣。

當男孩在成田機場準備起飛之前，他問了女孩想要什麼禮物。

女孩說，她想喝星巴克的冰可可瑪奇朵。

男孩想了想，他飛抵台灣的時間太晚，如果直接搭車到台北，會來不及買星巴克。

於是，男孩在桃園機場的星巴克，買了女孩要的冰可可瑪奇朵，他一路上小心翼翼的護著那杯咖啡，搭著計程車，來到了女孩的面前。

接過那杯冰可可瑪奇朵，因為冰塊的溶化，杯體已經開始流汗。

男孩不好意思的說：「這個我在機場買的，可能冰塊都融化了。」這個羞澀的道歉，讓女孩心裡頭暖的不得了，像是有一群粉紅色的蝴蝶在她胸口裡飛舞。

女孩眼中冒出的閃亮光芒，完全消退了男孩旅程的疲勞。

他們並肩坐在車來人往的忠孝東路路邊，越晚越熱鬧的忠孝東路，行人走得匆忙，沒有人注意到他們兩個的笑聲。

男孩說著他方才在飛機上的趣事，女孩認真地聽著、開心地笑著，當她笑著仰望天空之際，一整片黑壓壓的黑夜，沒有星星，也看不見月亮，女孩卻覺得，黑的好美、好美。

「為什麼天空都沒有星星？」女孩突然發問。

男孩答：「陽明山的擎天崗有。」

下一秒，男孩突然牽起了女孩的手：「走，我們現在去看星星。」

男孩厚實的手掌，完全包覆了女孩纖細的手。

看著男孩高大的背影，女孩害羞地躲在了男孩的身後。

女孩的心跳，瞬間加速跳得好快。

或許，是因為手裡的那杯冰可可瑪奇朵的咖啡因作祟，才會讓她心悸到無法控制。

冰可可瑪奇朵—2

文：765334

很快地，男孩又得返回工作崗位。

女孩去送機的那一天，冬天的陽光，從計程車的車窗流竄進來，溫度暖暖的，但是女孩的內心，卻總是感到酸酸的。

男孩無法向女孩承諾，下一次回台是什麼時候。

在分離的那一刻，女孩還是無法鼓起勇氣，向男孩確認他們之間的關係。

兩個人的啟程，一個人的回程，坐在靠窗的巴士裡頭，陽光依舊耀眼。

女孩拉上車窗的窗簾，眼淚止不住的狂瀉，她自己也不懂，她在難過些什麼，或許對男孩來說，牽了手，並不代表是一段關係的承諾。

這樣的遠距離，卻沒有疏遠他們的關係。

女孩下班後的凌晨三點，男孩總是會等她向他報平安。

好幾次，這個時間點，也正好是男孩應酬完，回到家裡的時間。

那個年代，沒有智慧型手機，他們無法看到彼此，只能透過聲音，來猜透對方的心思。

喝醉的男孩，思緒特別的飛揚，他毫不避諱地向女孩訴說，他對她的仰慕。

這個女孩期待已久的幻想，終於成真。

但是，男孩每每都在隔天酒醒之後，將前一晚的事發經過，忘得一乾二淨。

女孩好幾次試探性的詢問，都無法勾起男孩一丁點的回憶。

漸漸的，女孩學會了將這些心思藏進自己的心裡面，她總是告訴自己，男孩是酒後吐真言，他是喜歡她的，他不可能不喜歡她。

而女孩，早已被這位男孩給深深吸引。

每天晚上熱線一個月後，男孩跟女孩說：「我下禮拜會回台灣一趟。」

按耐住內心的激動，女孩用平靜的口吻說：「是喔？怎麼又要回來了。」

「可能是太想妳了吧。」

女孩清楚的感受到自己的微笑，已經上揚到不能再上揚的緊繃，拿著電話的那隻手，無法控制的顫抖。

「一樣是冰的可可瑪奇朵嗎？」

「不用了沒關係，你不要那麼趕。」

「我這次搭早一點的，回去剛好可以買去店裡給妳。」

努力壓抑心中的喜悅，女孩甜滋滋的回答：「那好阿。」

一個禮拜，對女孩來說，盤旋在腦海裡的思念，讓分分秒秒都那麼難熬。

直到看見男孩走出入境大門，女孩的思念之情，瞬間解放。

「妳怎麼跑來接我了？」男孩驚訝的表情，藏不住喜悅的神情。

女孩歪著頭，想了一會之後，微笑著說：「可能也是因為太想你了吧。」

互視而笑之後，男孩說：「那，走吧，我們去買冰可可瑪奇朵。」

冰可可瑪奇朵—3

文：765334

男孩回台的行程依舊忙碌，短短的四天，雖然忙著工作，卻也不忘記要陪伴女孩。

每天晚上即便再累，男孩都會到女孩的店裡找她，帶上女孩最喜歡的冰可可瑪奇朵，簡單的說上幾句話，似乎成為兩人之間無形的默契。

但是，女孩不懂的是，她搞不清楚，他們之間，是什麼關係？

在外人眼中，他們就像是天造地設的一對。

而在女孩的心中，早已深深地愛上了這個男孩。

四天的時間，很快就過去，又到了女孩最討厭的分離時刻。

「那你，下一次什麼時候回來？」含著眼中的淚水，女孩緊張地說出這一句話。

男孩搔搔頭，欲言又止的不知道怎麼開口。

看著男孩的沉默，女孩深吸一口氣之後，故作堅強的說：「時間差不多了，你該進去了。」

女孩將視線放在出境閘口，不敢看向男孩。

這種雙方無言的寂靜，讓女孩放在口袋裡的手，不安的緊抓著。

下一秒，男孩班機的登機提醒廣播響起，他們倆人依舊沒有人開口，而是靜靜的等待廣播結束。

終於，男孩開口了：「那我⋯⋯」

「掰掰！」眼淚就快要滑落的女孩，打斷男孩的發言，道別完的下一秒鐘，女孩用力轉身就離開。

馬上，一雙溫暖的大手臂，突然從女孩背後出現，緊緊的環抱住她。

這個突發狀況，讓女孩瞬間不知所措，只能僵硬的站在原地，她不知道，是否該回應背後這位男孩的熱情。

在男孩鬆開手之前，他問：「妳願意等我嗎？」

背對著男孩，女孩用顫抖的聲音說：「等你？什麼意思？」

「等我回來，好嗎？」

「多久？」

男孩沉默，沒有回應。

這種直接了當的不回答，讓女孩心中一涼，淚水馬上掉落。

當女孩的眼淚滴落在男孩的手掌，他慌了陣腳的想要安慰女孩，卻不知道該說什麼才好。

「為什麼沒辦法回答我？」

男孩鬆開了環抱女孩的雙手。

女孩轉身，雙眼緊盯著男孩：「回答我。」

「我…」

「我一直在等你，等你開口，為什麼要到今天才問我？為什麼問了又不給我承諾？」

男孩的不知如何是好，讓女孩好是受傷。

「我們，不要再聯絡了。」女孩的說法，讓男孩的眼中滿是驚訝：「不是！為什麼？等等…」

不等男孩說完，女孩已經轉身離開，她抬頭挺胸，大步大步的往前走去，直到消失在男孩的視線。

冰可可瑪奇朵－4

文：765334

春夏秋冬，一年很快就過去。

跨年夜的街頭，車水馬龍，熱鬧非凡，好像就連空氣都在興奮地開懷大笑。

女孩坐在夜店包廂裡，五光十色的光不斷地變換，打在她的臉上。

又長又翹的睫毛，讓女孩的笑，更加的美麗動人。

正當女孩微笑地看著朋友們熱舞，突然間，一個熟悉的聲音，打斷了女孩的笑臉。

「好久不見。」

深呼吸一口氣，女孩還在猶豫，要不要轉過頭去。

不等女孩轉頭，一杯冰可可瑪奇朵，已經來到她的面前。

一張熟悉的臉龐，跟著來到女孩面前：「最近好嗎？」

女孩的臉上，滿是震驚。

不等女孩回話，男孩直接就在女孩身旁坐下，男孩再一次將冰可可瑪奇朵遞給女孩。

看著眼前那杯冰可可瑪奇朵，女孩終於緩緩伸出手，接了過去。

這時，女孩覺得自己呼吸開始急促，她需要馬上呼吸新鮮空氣，於是她立刻起身，快步地走出夜店，男孩在她身後追了出去。

「妳還好嗎？」男孩的聲音，從女孩背後傳來，女孩深吸了一口氣，沒有回頭。

接著，男孩站到了女孩身邊，他抬起頭，看著黑漆漆的天空：「今晚，一樣沒有星星。」

「你什麼意思？」

「只是想看看妳。」

女孩終於轉過頭去，看著男孩：「我知道你結婚了。」

「對。」

兩人之間的沉默，只剩下來往車輛的吵雜聲。

「麻煩你以後不要再來找我。」

男孩安靜，沒有回答。

女孩轉身，準備離開。

「我很想妳。」

女孩停下腳步：「你知道你在說什麼嗎？」

「我一直克制自己不要來找妳，但是我知道，妳今天晚上一定會在這裡。」

「然後？」

男孩再度沉默。

「你為什麼要騙我？」女孩的發問讓男孩用力抬起頭，看向她。

空氣裡的歡樂氣氛，消失在他們之間。

「我沒有騙妳。」

女孩立刻反駁：「那時候你明明有女朋友阿！就是你現在的老婆！不是嗎？」

路人紛紛對女孩投以異樣的眼光。

「不是！那時候我們的感情出了很大的問題，我根本就不喜歡她！可是我是真的喜歡妳啊！我真的沒有騙妳！」

女孩用力地將手中那杯冰可可瑪奇朵砸在男孩身上，這個舉動，讓路過的行人都發出了驚訝的聲音。

「我告訴你！自從你離開之後，我就不再喝這種爛東西，因為會讓我想到爛人！再見！」

這個爽快的決定，不知怎麼地，卻讓女孩在轉身瞬間，紅了眼眶。想不到再見他一面，竟是這種局面。

再怎麼不捨，她都知道，她必須，徹底跟男孩說再見。

戒掉喜歡的飲料很難，要忘記喜歡上的一個人，更難。

今晚的夜空，黑的很憂鬱，就跟女孩淚流不止的表情一樣。

熱咖啡的溫暖——1

文：765334

推開沉重的大門，小潔立刻就聽到她的室友蘇蘇說：「下班啦！」

看著清晨的太陽從陽台灑落，小潔閉上眼睛，避開刺眼的陽光。

脫下鞋子，小潔不發一語。

「唉唷，大小姐今天心情不美麗喔。」話音一落，蘇蘇把早餐推到了餐桌中央。

脫下鞋子，小潔換上室內鞋後，直接就往餐桌方向走去。

接著，她直接就坐上了椅子，打開早餐吃了起來。

「哇！我的大小姐阿，妳也先去把身上的衣服換掉吧！」

蘇蘇挪動身軀，往小潔身上一聞：「天阿，妳身上的綜合煙味，真的是⋯⋯」

「怎樣！不喜歡就不要聞阿！」小潔對著蘇蘇翻了個白眼，再吐個舌頭，繼續吃著早餐。

蘇蘇拉近了椅子，好奇的問：「學長今天沒去嗎？」

「當然有阿！」小潔說完，整個人像洩了氣的氣球，癱坐在椅子上。

蘇蘇不解的問：「那妳在心情不好什麼？」

這時，小潔將雙腿縮到了椅子上，再將整張臉埋了進去，開始說起故事。

蘇蘇張大了耳朵，想將故事給仔細聽清楚，卻越聽越模糊：「等等，等等，妳說，學長帶了長腿學姊去？」

小潔抬起了頭，輕輕的點了點頭。

「所以呢？」

「所以我的存在變成了隱形人。」

聽到這個回答，蘇蘇不解的歪著頭，站了起來，表情轉變為生氣：

「不是阿！這個人不能這樣吧！」

小潔的委屈，全都展現在她泛淚的眼眶裡。

想起去年的迎新會，她與冠廷學長的第一次相遇。

一直以來都是校園風雲人物的小潔，身邊從不乏追求者，也因此，她挑選男朋友的眼光相對地高。

也許是命運的追弄，或是前世今生的牽引，因為一杯熱咖啡的溫暖，讓小潔對冠廷學長，一見鍾情。

而冠廷學長，對於像小潔這種女神的仰慕，毫無招架之力，即便他已經有一位交往三年的同校女友，卻還是深陷在小潔的溫柔鄉中。

在外人眼中，他們倆個就是再普通不過的學長及學妹關係，畢竟冠廷學長是系學會會長，必須維持這個高傲頭銜應有的光環。

再加上，冠廷學長的現任女友，是俄文系系花，中英混血的模特兒，也是校內的知名人物。

冠廷學長與系花的搭配，正是天造地設的一對，誰也都意料不到，小潔的出現，會狠狠地攪亂這一池春水。

「欸！欸！林小潔！小潔小姐！」蘇蘇的大喊，終於讓小潔醒了過來。

當小潔看向蘇蘇，蘇蘇立刻發問：「所以昨天晚上到底發生什麼事？」

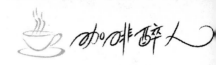

熱咖啡的溫暖—2

文：765334

小潔開始向蘇蘇慢慢說起，昨天晚上發生的事。

今天，是冠廷學長的生日，昨天晚上他特地到小潔工作的酒吧辦生日派對。

美其名是生日派對，其實他們倆個，只是想要多一點相處的時間。

殊不知，派對進行到一半，學姊也出現了。

聽到這裡，蘇蘇從椅子上跳了起來：「蛤！那女的怎麼會去阿？」

小潔馬上用哀傷的口吻說：「是學長告訴她的。」

「WHAT？什麼？這…」

不給蘇蘇說完，小潔自己說：「他說，因為學姊問他，她能不能來參加。」

「當然不能阿！」蘇蘇生氣的說。

小潔沒有理會蘇蘇的怒氣，她繼續說著昨天晚上的事。

學姊來了之後，冠廷學長就刻意與小潔保持距離。

也因為學姊的出現，整家店的風采都落在了她一個人身上。

「然後，她帶了一個男生要介紹給我。」

蘇蘇緩緩地轉過頭去看向小潔：「蛤？」她還特地將尾音拉長，用以表達她的困惑。

小潔張著無辜的大眼睛，對著蘇蘇，點了點頭。

蘇蘇拿起桌上的大冰奶，將所剩不多的奶茶，一飲而盡。

「那個男生叫做小豪，很帥，人也很可愛，很幽默，是化學系的學長。」

蘇蘇再次不解地拉長尾音：「蛤？那冠廷學長知道嗎？」

「我有問他。」

「然後？」

小潔默默地點點頭，蘇蘇翻了個大白眼，無法認同。

看著桌上那杯已經冷掉的黑咖啡，是冠廷學長特地為小潔買的，小潔心頭一酸，開始轉移話題。

派對結束之後，小豪提議一起去吃宵夜：「本來我是拒絕的，但是學姊一直在旁邊敲邊鼓，所以我只好⋯⋯」

「那學長呢？」不等小潔說完，蘇蘇就發問。

面對蘇蘇的提問，小潔不敢回答，低頭不語的吃著早餐。

「欸，這個男的很賤耶！為了討女朋友歡心，然後推小三入火坑喔！」

小潔用腳踢了蘇蘇一下，蘇蘇哀號了一聲。

「小豪真的是個很可愛的人。」

「怎樣？妳喜歡上他了喔？」

小潔再用力踢了蘇蘇一腳：「好啦！好啦！不鬧妳了，那相親的宵夜好吃嗎？」

小潔出手重重地揍了蘇蘇一拳，兩個人一起放聲大笑。

笑聲過後，小潔假裝無意地說：「小豪他⋯⋯」

「他怎樣？」蘇蘇挑起眉問。

「他好像，好像知道我跟冠廷學長之間的事。」

小潔說得雲淡風輕，蘇蘇則是驚訝到差點從椅子上摔了下來。

熱咖啡的溫暖—3

文：765334

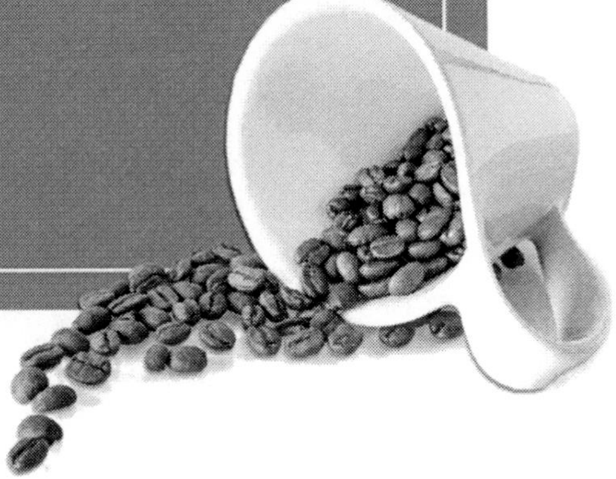

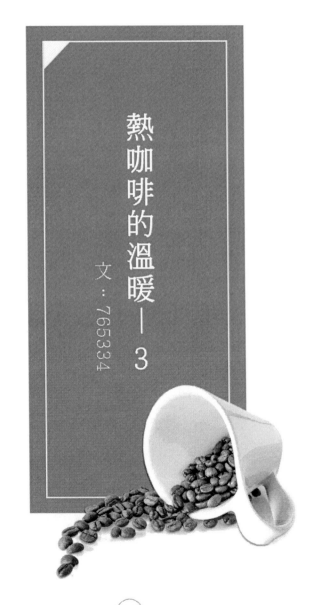

聽。

「什、什麼意思？」蘇蘇一隻手扶著下巴，一隻手張大了耳朵要

小潔清了清喉嚨之後說：「沒有啦，他也只是問問，應該沒有別的意思。」

「那妳怎麼說？」

「當然是否認到底阿！」小潔的回答，讓蘇蘇摸著自己的胸口，鬆了一口氣，至於小豪的問題，不論是真是假，蘇蘇現在也不想去想了。

和小豪約會了一個月之後，蘇蘇終於忍不住問小潔：「你們兩個，現在是怎麼回事？」

小潔繼續滑著手機，沒有回應。

「欸！到底是怎樣啦！」

被蘇蘇吵到無法專心的小潔，終於放下手機，不耐煩的說：「吼唷！我也不知道啦！」

蘇蘇開始聽著小潔說起小豪的各項優點，她越聽越覺得這個男生可愛又貼心：「欸，聽起來很好阿！妳就忘了另外一個學長，選擇這一個學長吧！」

蘇蘇話音一落，小潔卻皺起了眉頭：「我也有想過阿！」

「然後？」蘇蘇故意提高尾音，表示她的懷疑。

其實在小潔心中，她是蠻喜歡小豪的，也試著想跟他有進一步的發展，所以對於小豪的邀約，小潔始終沒有拒絕。

而他們倆個越走越近的消息，當然傳遍了整個系學會。

就在前幾天，他們兩個一起去吃宵夜，回程的路上，小豪提議到陽明山上去看夜景。

就在一切都很浪漫的氣氛之下，小豪向她告白了。

聽到這裡，蘇蘇做出了起雞皮疙瘩的動作，做作的說：「我的天阿，也太浪漫了吧！」

接著，蘇蘇用手肘推了推小潔：「那妳答應他了嗎？」

小潔搖搖頭。

「哇靠！這位小姐姐，不是這樣玩弄人家感情的吧！」

小潔立刻反擊：「我沒有！」

馬上，小潔開始說起，她沒有立刻答應小豪的原因。

原來就在小豪跟她告白的前一天，系學會的會議結束後，小潔正在收東西，冠廷學長卻突然出現，他先是放了一杯熱咖啡在桌上，接著就從背後環抱住她。

小潔當場嚇得不知所措，不等她轉頭，冠廷學長就在她耳邊問她：「妳喜歡他嗎？」

一開始小潔不知道怎麼回答，她的猶豫，讓冠廷學長繼續追問：「妳，喜歡他嗎？」小潔輕輕的點了點頭回應。

下一秒，冠廷學長將小潔轉過身，深情地望著她的雙眼，像是要把她給看穿一樣。

「妳這樣，我會吃醋。」

小潔害羞地低下了頭，內心明明狂喜，卻又不敢表現出來。

接著，冠廷學長抬起她的臉，輕輕地吻了她。

熱咖啡的溫暖－4

文：765334

蘇蘇聽到這裡，馬上說：「停停停！不行，我要吐了，太噁心了！」

小潔雙頰漲紅，害羞地笑了笑。

「妳就因為這樣拒絕小豪？」蘇蘇失望地說。

小潔歪著頭，困擾地說：「其實我也不知道要怎麼做，很想接受小豪，但是又放不下學長。」說完，小潔將頭靠在蘇蘇肩上，蘇蘇輕輕地安慰她，不再追問。

但是，蘇蘇還是忍不住說：「這男的真的很賤！」

一個禮拜過去，小潔都刻意躲著小豪跟冠廷學長。

在不確定自己的心意之前，她打算都不再跟他們兩人有感情上的往來。

這一天，中午十二點鐘，小潔剛上完課準備離開教室，才一踏出門口，就有人喊住了她：「小潔！」

轉頭一看，是學姊。

學姊開車載著小潔，來到信義區的高檔咖啡廳。

小潔不明白學姊請她吃這頓飯的用意，而她也不想問。

用完餐後，小潔禮貌地說：「學姊，謝謝妳，我晚一點還要去打工，要先走了。」

就在小潔起身的瞬間，學姊發問：「小豪不好嗎？」

小潔的動作停止了。

「再坐一下嘛，我待會直接載妳過去，來得及的。」

小潔緩緩地再坐回座位。

緊張的氣氛讓她感到口乾舌燥，拿起桌上沒喝完的黑咖啡喝了一口，黑咖啡冷掉之後的酸苦，讓她眉頭緊鎖。

「冷了？要不要再點一杯？」

在學姊喊住服務生之前，小潔趕緊說：「不用了。」

看著小潔，學姊說：「妳還沒回答我，小豪不好嗎？」

小潔用堅定的眼神回看學姊：「他很好。」

「那為什麼？」

「什麼為什麼？他什麼事都告訴妳嗎？」

「沒有，只是我們本來就很熟。」

「妳介紹他給我的目的是什麼？」

兩個女人一來一往的攻防戰，終於在這個問題劃下了句點。

面對小潔的提問，學姊也不甘示弱地反擊回去：「我才想問，妳跟冠廷，是怎麼回事？」

小潔用力地嚥下一口口水，試著安撫自己的慌張。

「冠廷都告訴我了，明明鋪了一個台階給妳下，可是妳偏不要，我就不懂，妳到底想要怎樣？」

面對學姊銳利的提問，小潔故作鎮定地回：「學長跟妳說什麼？」

「仗著自己有幾分姿色，就想勾引別人的男朋友，也難怪，像妳這種人，在那種地方打工，也是剛好而已。」

原本內心懼怕被揭穿的小潔，這時候，她的懼怕，已經轉為怒火。

熱咖啡的溫暖—5

文：765334

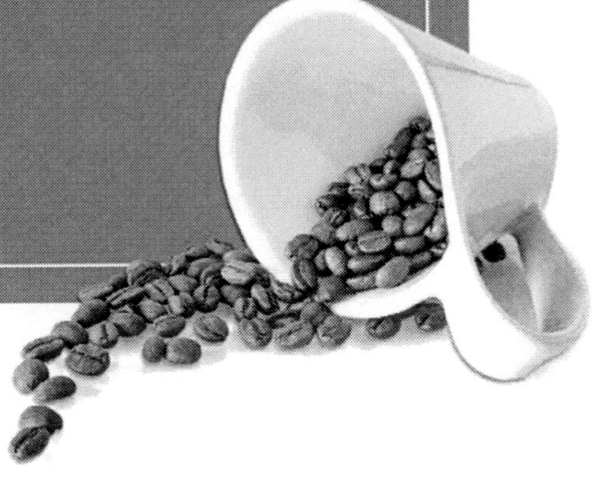

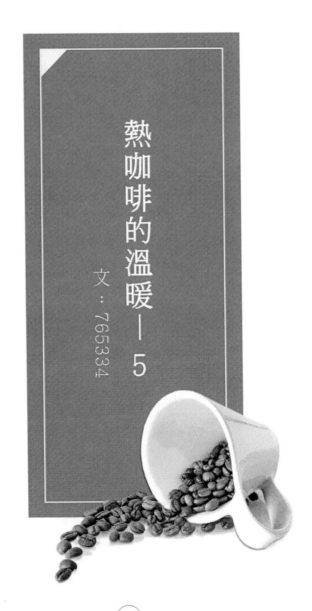

「我在那種地方工作，怎麼了嗎？有擋到妳家 WI-FI 嗎？」。

面對小潔的反擊，學姊開始顯得有點不知所措。

「還是妳羨慕忌妒，我在那種地方上班，客人都很喜歡我？」

學姊張著大眼睛，不知道如何回應：「妳，妳⋯」

小潔不給她說話的機會：「我覺得像妳這種老女人真的很可憐又可悲耶，為了留住自己的男朋友，還要這樣想方設法的幫我介紹男朋友，真的謝謝妳耶！」

「冠廷知道妳是這樣的人嗎！」學姊終於想出了反擊的話語。

「那冠廷學長知道妳是這樣的人嗎？」

學姊張大了雙眼，怒視小潔。

而小潔則是嘴角上揚，得意地看著學姊。

眼看學姊已經無話可說，小潔拿起包包，俐落地起身：「算了，跟妳這種人說再多也沒用，我要走了。」

「喂！我不會放過妳的！」學姊在小潔身後喊著，小潔舉起右手，給了她一個中指。

下班後回到家，小潔用力甩上大門，那力道之大，連玻璃都在震動。

在客廳看電視的蘇蘇被這個聲響嚇了好大一跳：「拜託！小姐姐！我在看鬼片！妳想嚇死我阿！」

小潔怒氣沖沖的坐到了蘇蘇旁邊，蘇蘇按下暫停鍵，等著小潔開口。

深呼吸一口氣，將手裡所剩的咖啡一飲而盡之後，小潔向蘇蘇詳細說明了，今天她與學姊的那一頓飯局。

蘇蘇幾乎是秉住呼吸在聽她說故事，當故事結束，蘇蘇才終於吐了好長的一口氣：「我！的！天！阿！這女的是個瘋子！」

小潔同意地點了點頭，蘇蘇帶著同情的眼神：「好了好了，那妳趕快去洗澡睡覺了，什麼事都不要想，明天再說。」

在蘇蘇的催促之下，小潔盥洗完之後，馬上就躺上床休息。

隔天，小潔上完最後一堂課，買好了午餐要拿到系學會辦公室吃。

小潔一打開系學會辦公室的門，原本歡樂談笑聲，突然戛然而止，小潔不解地看著裡頭的大家，小聲地說：「Hi！」

只見大家只是尷尬的點頭回應，沒有人說話。

小潔找了一個空位置，開始吃起便當，才吃沒兩口，冠廷學長拉起她的手：「我有話跟妳說。」接著就把她帶到了外面。

一頭霧水的小潔，也只能跟著他走。

「那些傳言是真的嗎？」冠廷學長神情嚴肅地問。

小潔不解地說：「什麼傳言？」

「妳被客人包養的事。」

這個答案，讓小潔腦袋一空，失去了說話的能力。

熱咖啡的溫暖—6

文：765334

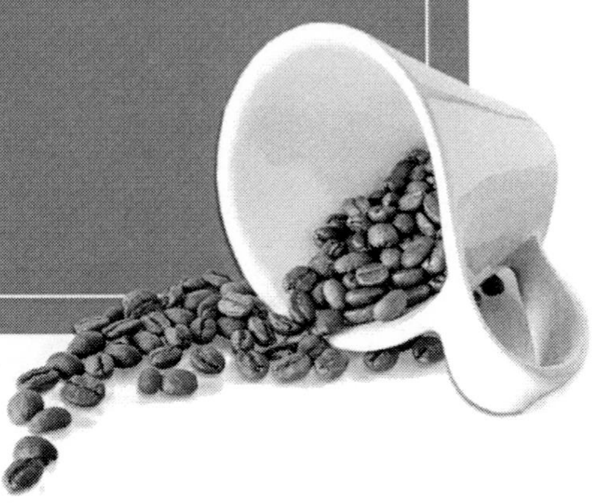

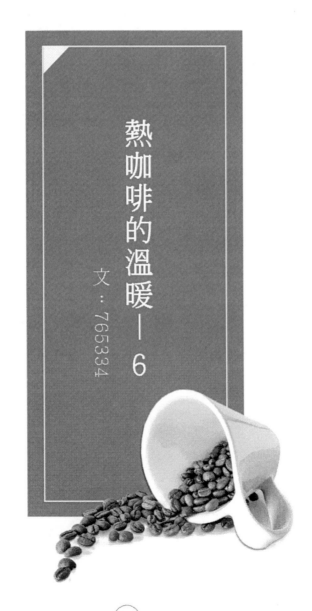

「你說什麼？包養？」小潔不可置信地看著冠廷學長。

他的表情，依舊緊繃：「妳被開副本了，妳不知道嗎？」

接著，冠廷學長拿出手機，將那些不堪入目的社群媒體文章，放到小潔眼前。

看著上面的一字一句，小潔越看越憤怒，也越看越羞愧：「這，這是誰寫的？」她抬起頭，含著淚問冠廷學長。

學長低著頭，因為他也不知道答案。

這時，小潔小聲地問：「學長，你相信我吧？」

語畢，冠廷學長微微地後退了一步，深深地吸了一口氣：「我也想相信妳，但是，那些照片⋯⋯」

「那只是跟客人的合照阿！」小潔的話語，摻在了淚水中。

學長先是低頭不語，然後，轉身離開。

悵然若失的小潔，全身失去了力氣，攤坐在地板上，無力起身，眼淚流不停的她，不知道如何面對往後的日子。

就在這樣萬念俱灰之際，有個人喊了她的名字：「小潔！」

是蘇蘇。

當蘇蘇跑到小潔身邊，小潔抱著她，大聲地哭了出來。

「一定是那個女人！就是她！」小潔和著淚水的嘶吼，令人心疼。

蘇蘇沒有說話，只是抱著她。

不知道過了多久，小潔心情稍微平復，眼淚也終於止住。

「那妳現在打算怎麼辦？」

小潔搖搖頭。

「那就跟我一起轉學吧！」

蘇蘇最近正因為想轉系，但是這所學校沒有那個系所，所以打算要轉學。

本來低著頭的小潔，突然用裡抬起頭來：「不行！我不能就這樣離開，我要去跟大家說清楚，也跟那個賤人講清楚！」

就在小潔起身之際，蘇蘇拉住了她，再將她買好的熱咖啡，遞到小潔手裡：「妳覺得，會有人相信妳嗎？」

小潔停止了動作，接過那杯熱咖啡。

蘇蘇告訴她，這個世界，大家最不需要的，就是解釋，很多事情越是解釋，越是說不清楚。

故事。

更何況，這所有的一切，都已經被包裝成一齣，大家都會相信的

過了好一會，小潔才終於點點頭，似乎釋懷了一些。

「我們回家了好嗎？」

小潔輕輕地點頭答應。

走沒幾步路，小潔突然說：「我明天就去辦休學。」

「蛤？」

「這個地方已經判了我死刑，怎麼解釋都沒用。」

擦掉雙頰的淚水，小潔牽起蘇蘇的手笑著說：「但是我還有妳。」

她們兩個手牽手，走在回家的路上。

返家後，小潔將她說不出口的話，傳了訊息給蘇蘇：即便全世界都遺棄了我，最終還是有願意跟我相伴到老的最美麗友誼，不離不棄。

愛妳的小潔。

黑咖啡——1

文：765334

超過三十五度的高溫，曬得操場的 PU 跑道閃閃發亮，就連建物的磁磚，也都快要被曬紅。

開學第一天，教室裡的冷靜，與外面的溫度完全相反。

坐在最後一排的蕭洒，冷眼觀察著教室的一切，這樣的沉默與安靜，是她喜歡的學校日常。

高中生涯跟國中完全不相同，身邊不會有一起長大的同學，隔壁班也不會有認識的朋友。

這裡的每一位同學，都來自不同的地方，每個人彼此之間，都陌生的令人驚慌。

但是，不論班上是否有自己曾經的同學，對蕭洒來說，一點差別都沒有。

從小就是個書呆子的她，特別不喜歡交朋友，一直以來都是個獨行俠，她的人生裡，只有讀書。

一個禮拜、一個月，很快就過去了。

班上的同學們，似乎每個人都找到了自己的小團體，下課時間不再是寂靜無語，而是喧鬧不已。

聽著大家在討論今天午餐要吃什麼，蕭洒也是一點興趣都沒有。

「同學同學！可以借我立可帶嗎？」坐在蕭洒右邊的男孩，在等著她的回應。

蕭洒把立可帶交給他之後，繼續翻著自己的課本，這位男孩馬上將椅子拉近，對蕭洒自我介紹：「我叫何俊德。」

「我知道。」蕭洒回答的時候，眼神完全沒有看向他。

「妳知道我阿？」

「我們不是同班同學嗎？」

何俊德不好意思地摸了摸頭，不知道該說什麼才好。

「立可帶用完了嗎？」蕭洒終於看向他。

下一秒，何俊德馬上坐回自己的位置，開始寫作業。

蕭洒無法理解，怎麼會有人到了要交作業的當天才在趕作業。

何俊德看見了蕭洒不屑的凝視，他急忙著要解釋：「我⋯⋯」

「立可帶用完了嗎？」不等他說，蕭洒已經打斷了他。

何俊德趕緊寫完作業，將立可帶還給蕭洒。

看著眼前這位短髮少女，何俊德覺得她酷的好吸引人。

一頭烏黑的俐落短髮，白皙的皮膚，即使脂粉未施，也美的好驚人。

「看什麼？」

「沒，沒有，我，我是在看妳好像很喜歡喝咖啡。」

他們倆人的視線，一起來到蕭洒桌上的那杯黑咖啡。

蕭洒沒有說話，繼續專注在課本裡。

「欸，妳中午吃什麼？」

「請你不要打擾我看書。」

「不，不是阿！我…」

「待會英文要小考你知道嗎。」

「蛤！等一下英文要考試！」

何俊德趕緊在自己的座位上坐好，認真的背著單字。

蕭洒用眼尾的餘光，看了他一眼，覺得這個人，真是幼稚的可以。

黑咖啡—2

文：765334

時間飛逝，很快地開學已經三個月了，蕭洒依舊沒有在班上交到一個朋友，總是獨來獨往的她，已經被班上同學貼上「怪人」的標籤。

但是蕭洒是全校知名的學霸，雖然同學們不喜歡她，老師們倒是非常疼惜她這個好學生，不鬧事、安靜、乖巧等等特質，不論是班導或其他科的老師，都對她讚譽有加。

而在班上，唯一一個會跟蕭洒說話的人，就是何俊德。

何俊德現在是校園裡的風雲人物，不只人長得帥，籃球更是打得超好，就連籃球社的學長們都對他刮目相看，其他班的女生以及學姊們，都紛紛為他瘋狂。

但是，這一切看在蕭洒眼裡，她根本不屑一顧。

「欸，今天又有學姊寫情書給我了。」

蕭洒安靜。

接著，何俊德開始對著蕭洒，唸出信的內容。

才讀沒幾句，蕭洒打斷他：「花癡。」

何俊德聽見她的回應，興奮地說：「蛤？妳說什麼？妳說，羨慕？」

蕭洒繼續翻著課本，不理他。

正當何俊德打算繼續唸情書時，蕭洒冷冷地說：「等一下考國文你背了嗎？」

不等何俊德發出驚訝的聲音，蕭洒拿了耳機就戴上。

下一秒，何俊德搶走她一邊的耳機：「妳在聽什麼？」

蕭洒驚慌地轉過頭：「你……」

「喔，妳喜歡五月天阿！」

的開始。

蕭洒用力搶回耳機的同時，老師也已經進了教室，準備下一堂課

「完了，我根本就沒背。」

看著何俊德慘澹的表情，蕭洒微微揚起嘴角，笑了。

隔天一大早，何俊德一如往常，一進教室就放了一杯黑咖啡在蕭洒桌上。

蕭洒還來不及抱怨，何俊德就興奮地拿出兩張演唱會的門票：「欸，要不要跟我一起去看五月天？」

看著門票，蕭洒的雙眼都冒出了亮晶晶的星星在閃爍著。

將門票輕輕地放在蕭洒桌上後，何俊德得意地說：「那我們就演唱會當天見囉！」

票。

表面上很想拒絕的蕭洒，卻抵擋不了內心的誘惑，默默地收下門

接著，蕭洒清了清喉嚨，她嚴厲地告訴何俊德：「請你以後不要再買咖啡給我了。」

「為什麼？」

蕭洒轉過頭去，皺著眉頭看著他：「你這樣會讓人誤會。」

「誤會什麼？」

「你不知道嗎？」

「知道什麼？」

「學姊們都在講阿！」

「講什麼？」

「講，講⋯⋯」

「講說我喜歡妳喔？」

蕭洒雙頰漲紅，不敢再多看他一眼。

「阿我就真的喜歡妳阿，怎樣！」

黑咖啡—3

文：765334

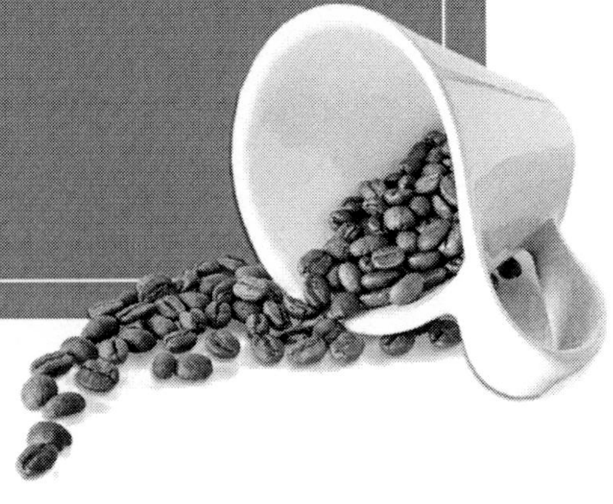

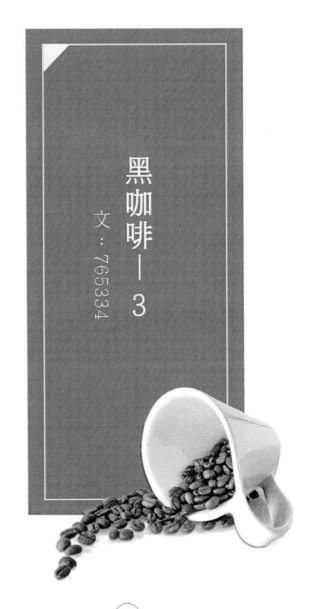

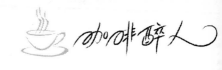

自從那天，何俊德有意無意地向蕭洒告白之後，他們兩個，已經三天沒有說話了。

平常總是喜歡跟蕭洒借東借西的何俊德，從一小塊橡皮擦到課堂筆記，能借的東西，他都向蕭洒借過，而且是幾乎每天，他都需要跟蕭洒借東西。

何俊德這樣反常的行為，蕭洒一開始確實有點不習慣，但是，她又不想開口問他。

難道說，她要問他：你為什麼不跟我說話？

這怎麼想都太奇怪了吧！

因為，蕭洒本來就不跟班上同學說話的。

還是，她要問他：你不跟我借東西嗎？

天阿！

這個問題，似乎更加地詭異。

算了。

對蕭洒來說，學校是唸書的場所，她不是來這裡交朋友的。

只是，她的心裡頭，總是覺得怪怪的、不舒服。

這樣的感受，是她第一次嘗試到，不知道如何排解，也不知道向誰訴說。

一個禮拜過去了，何俊德與蕭洒之間，像是有一座高聳的冰山，誰都無法跨越。

以前總是趕在第一節課上課之前，趕緊結束團練回來的何俊德，現在卻是在第一節課鐘響之後，才急急忙忙地衝進教室。

但是不變的是，不管蕭洒早上幾點鐘到學校，她的桌上，總是放著一杯熱美式，旁邊放著一顆糖，跟一隻調棒。

日復一日，從未改變。

一如往常的周五早晨，蕭洒正在默背待會要考的國文，這時，何俊德慌張的進了教室，才剛放下書包，他喘著大氣跟蕭洒說：「課本借我一下。」

蕭洒都還沒回過神來，何俊德已經搶走她的課本，認真地寫著東西。

過一會，課本再次回到蕭洒眼前，她一看，差點沒昏倒過去。何俊德竟然用黃色的螢光筆，在課本的空白頁，寫上超大的幾個字：明天我們一起去看演唱會。

本來驚訝不已的蕭洒，突然間，揚起嘴角笑了。

看她沒有任何動作，何俊德又拿走課本，改用鉛筆寫下正常字體：好嗎？

就在他將課本還給蕭洒時，老師已經進教室：「同學，待會下課前十分鐘考默書喔。」

明知已經要小考的同學們，還是故意發出慘烈的哀號聲。

「打開第三課。」老師完全無視學生們的痛苦，繼續上課。

何俊德無視周圍發生的一切，反倒是蕭洒的無動於衷，讓他急了起來。

他再次搶走蕭洒的課本寫下：我們一起去好嗎？

蕭洒盯著前方的黑板，完全不表態。

就在何俊德再次搶走她的課本時，老師在前方喊出：「何俊德！你為什麼要一直拿蕭洒的課本？」

就在何俊德倉皇地看向前方的時候，全班同學，通通轉過頭來，看著他跟蕭洒。

黑咖啡—4

文：765334

突然被老師點名的何俊德，嚇得立刻站起身，雙手貼在大腿的兩側，立正站好。

「報告老師，我是跟蕭洒借筆記來抄！」

「筆記你不會自己寫嗎？」

「報告老師，蕭洒的筆記寫得比較好，我，我也想跟她一樣考高分！」

何俊德一說完，全班一起哄堂大笑。

接著，老師帶著笑意說：「好，那你現在唸第二段。」

何俊德手一舉起，發現自己正拿著蕭洒的課本，他清了清喉嚨之後，大聲地唸出：「明天我們一起去看演唱會好嗎？」

說完，約莫三秒鐘之後，全班同學再次哄堂大笑。

這一次，連老師都笑了：「你這是在唸課文？還是唸情書？」

何俊德秒回：「報告老師！我是在唸我自己寫的情書！」

教室裡頭的笑聲越發地囂張了。

何俊德微微的撇過頭，小心翼翼地偷看蕭洒。

只見蕭洒眼睛盯著前方的黑板，嘴角跟著大家一起微微上揚。

這是何俊德第一次看見，她的嬌羞。

「好了，麻煩你把課本還給蕭洒，然後坐下。」

何俊德不好意思地搔搔頭，先把課本輕輕地放回蕭洒桌上，再慢慢地坐回椅子上。

就在一切都回復平靜，老師準備開始上課時，何俊德輕輕地拍了拍蕭洒，對著她比了一個 OK 的手勢。

蕭洒先是看著他的手勢，再望向他的臉。

就在他們兩個人眼神對上的瞬間，何俊德害羞地低下頭，不敢直視蕭洒。

反倒是蕭洒，落落大方地說：「好阿。」

話音一落，何俊德立刻用力地抬起頭，用右手做了一個勝利的拉弓手勢。

「何俊德，你是想繼續表演嗎？」

國文老師的呼喊，又讓班上同學們笑聲不斷。

何俊德紅著臉，舉起右手，笑著回應老師：「老師，那我可以表演唱歌嗎？」他的臉上，滿是幸福的笑意。

下週一的一早，蕭洒一進教室，發現自己的桌上不只有咖啡，還被人用黑色奇異筆在桌上寫下許多不雅的文字。

當她還皺著眉頭搞不清楚狀況時，她身後有人喊著：「欸！姓蕭的！」

蕭洒轉過頭去，三個國三的學姊，就站在教室門口，盯著她。

接著，蕭洒放下書包，在自己的座位上坐好，不理會學姊的挑釁。

「欸！姓蕭的！我警告妳！不要太囂張！」

「有種妳就進來。」蕭洒的音量不大，但是剛好可以傳到她們耳裡的音量。

黑咖啡——5

文：765334

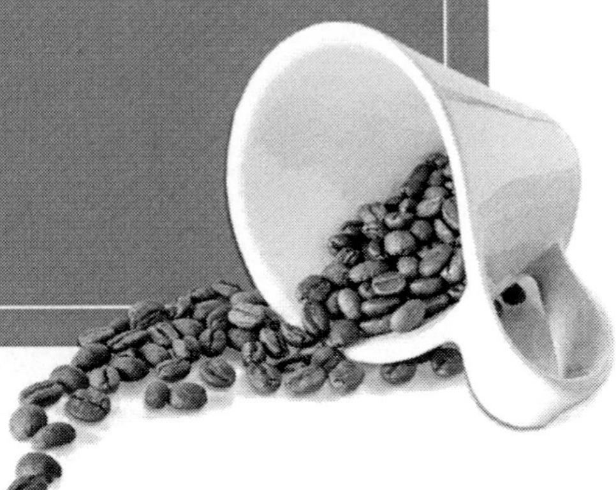

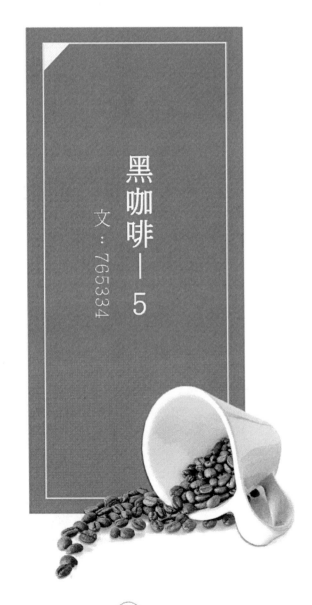

早晨的校園人煙稀少，蕭洒的反抗馬上就激怒了學姊，她們三個直接衝進教室把蕭洒給帶走。

即便班上有同學看見這一幕，卻沒有人出聲阻止。

蕭洒不意外同學們的冷漠，卻還是有點失落。

當蕭洒被她們帶到了女生廁所，帶頭的學姊惡狠狠地說：「怎樣！剛剛不是很囂張！現在怎麼這麼安靜！」

「妳們不說要幹嘛，我要說什麼？」

「伶牙俐嘴！」學姊的手已經舉到了半空中，就在要落下之際，突然被一股強大的力量給阻止了。

「妳們在幹什麼！」

準備打人的學姊轉頭一看，何俊德就在她的身後，怒火中燒地看著她。

學姊放下了手，低下頭，不敢看向何俊德。

何俊德一個箭步上前，趕緊關心蕭洒：「妳還好嗎？」

「你還有臉出現？」蕭洒的發言，讓何俊德聽傻了。

蕭洒拍掉他關心的雙手：「還不就是因為你，她們才會找上我。」

何俊德先是看著蕭洒，再轉過頭去，看向三個學姐。

那位帶頭的學姊，馬上用撒嬌的聲音說：「阿德，你想看演唱會，我可以跟你一起去阿！」語畢，蕭洒翻了一個大白眼，大步地走出廁所。

這時，何俊德大聲地喊著她，想將她給留下。

蕭洒不顧身後有任何動靜，她快步地走著。

蕭洒受夠了！

真的受夠了！

本來以為自己只要守本分，安靜地過日子，就能夠安穩地過完高中生活。

蕭洒向來不喜歡社交，她不喜歡那種阿諛奉承的生活，更不喜歡交什麼朋友、什麼閨蜜。

對她來說，那些東西都是假象，一點意義都沒有。

她這種奇怪的個性，本來就很引人熱議，再加上她的美貌及優秀的成績，更讓她總是能在不知不覺中，成為他人討論的焦點。

在走回教室的途中，蕭洒沒有哭，她覺得流眼淚是很軟弱的行為。

她心中更多的是，滿腔的怒火。

這般激動，讓她的步伐越走越快，快到幾乎都要跑了起來。

突然間，有人在她身後拉住了她。

不用轉頭，蕭洒知道，這個人一定是何俊德。

「放開我。」

「對不起！」

「請你放開我。」

「蕭洒對不起！」

蕭洒用力地想甩開他，卻發現，他的力氣大到根本擺脫不了。

「對不起，我⋯」

「除了對不起你還會說什麼？」

「我⋯」

「我不是跟你說不要放限動？」

「對，我知道，但是，對不起……」

「你什麼意思？想炫耀？還是……」

何俊德用力地將蕭洒轉過身，抓住她的後腦勺，何俊德用力地吻了她。

黑咖啡—6

文：765334

「你們兩個在幹什麼！」

教官怒氣沖沖的嘶吼聲，劃破了早晨校園的寧靜。

在教官身後，站著方才那三位學姊，臉上的表情，竟是不可思議。

放開蕭洒之後，何俊德自己也顯得不知所措。

而蕭洒，則是站在一旁，連雙腿都震驚地發抖。

訓導主任辦公室天花板的風扇轉動地很用力。

窗外的蟬叫聲，搭配著風吹動棕櫚葉的節奏，編織成了不甚動聽的交響樂。

何俊德跟蕭洒，低著頭，各自站在訓導處的兩端。

訓導主任跟教官在討論什麼，蕭洒都聽不清楚，她只覺得耳朵裡轟轟作響，頭昏腦脹，無法思考。

何俊德則是時不時地偷看蕭洒，想看看她是否還好。

「何媽媽，雖然現在講求戀愛自由，但是在校園裡，這樣的行為，確實很不妥當。」

教官的這一句話，蕭洒有聽懂，為了不讓人誤會，她必須馬上反駁：「誰在跟他戀愛？」

「欸……」

「你閉嘴！」何俊德的母親，阻止了他的發言之後，滿臉不好意思地向蕭洒的母親道歉。

「年輕人嘛，我們……」

「是他強吻我。」蕭洒的發言，讓本來熱氣沸騰的訓導處，溫度快速下降，空氣瞬間結冰。

接下來，何俊德跟蕭洒被請出訓導主任的辦公室，在外面等著。

「我……」

「我會轉學。」

「什麼！」何俊德驚訝到從椅子上跳了起來。

不給何俊德說話的機會，蕭洒直接起身，離開訓導處。

隔天，何俊德比平常更早到教室，一如往常，他在蕭洒的桌上放了一杯黑咖啡。

接著，他在自己的座位上坐好，沒有去練球。

他垂頭喪氣地看著蕭洒的位置，不知所措。

同學們陸陸續續地進了教室，直到第一堂課的老師也進了教室，何俊德才終於知道，蕭洒今天不會來了。

再隔天，何俊德又做了一樣的事，依舊沒有等到蕭洒。

下課後，他忍不住去找了班導。

「對，蕭洒轉學了。」

當班導口中說出這句話的同時，何俊德得知了最不想面對的真相。

何俊德瞬間癱軟，整個人癱坐在班導面前。

班導的安慰，他完全聽不進去。

他的心中，像是破了一個大洞，而且是一個很深、很深，深不見底的黑洞，吞噬了他所有的情緒。

不管他怎麼問，班導都不肯說出蕭洒轉學到哪裡。

回到教室，何俊德拿回蕭洒桌上那杯咖啡，打開喝了起來。

何俊德一喝才知道，原來這咖啡竟然這麼苦，加了糖，還是苦。

這時，他打從心底湧出一股愧疚。

他對不起蕭洒。

他永遠，都愧對於她。

不論她在哪裡，他只希望，她一切都好。

前男友—1

文：765334

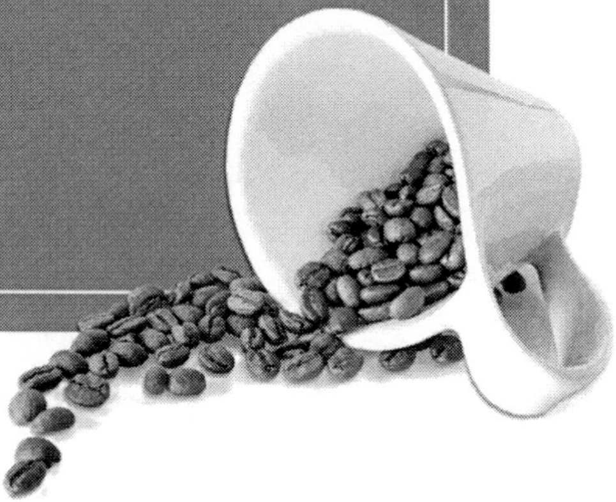

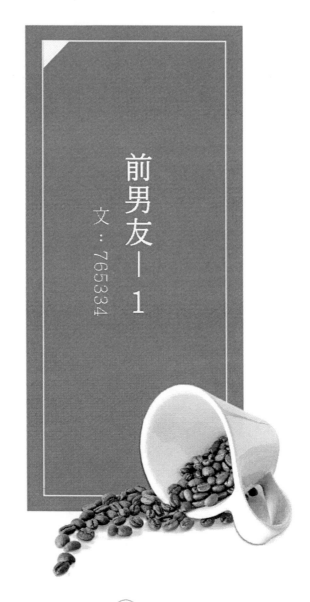

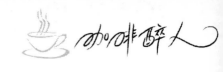

101的跨年煙火，綻放地如此放肆又如此美麗。

透過螢幕傳達出來的跨年喜悅，衝破雲霄，來到在場每一個人的心底。

迎接新的一年到來的興奮感，飄盪在空氣中，流竄在每個人的靈魂裡。

此刻的歡欣鼓舞，像是沒有極限，沒有盡頭，大家用力地狂歡、盡情地開心，拋開所有的束縛，就想在今天晚上無止盡的合理喧鬧。

在這一片爆開的興奮之中，唯獨只有在吧檯裡面忙進忙出的小安，一臉的死灰，毫無生氣，周圍的所有高漲情緒，都與她無關。

她的面無表情，好似一道高聳入雲的牆，誰都無法滲透，誰都無法挑起她的任何情緒。

馬不停蹄的工作，是她現在最需要的慰藉。

她需要忙碌來轉移她的注意力，因為，只要稍微的一不留神，她又會深深地陷入悲傷的失戀裡。

在跨年夜的前一個禮拜被提分手，是她永難忘懷的體驗。

這突如其來的打擊，讓她深陷自我反省的泥沼。

她無法停止自我檢討，無法停止想念與前男友的過往。

以往，喜歡過節的她，從萬聖節開始，一路到跨年夜，都是她最喜愛的狂歡節日。

如今，形單影隻的倒數跨年，讓她只要一停下手邊的工作，蜂擁而上的回憶就會令她眼淚直流。

但是，擁擠的人潮卻沒有人看見她的哀傷，店裡面的音樂聲轟隆隆地作響，小安卻似乎聽不見那些吵鬧。

「給我一杯神風特攻隊。」接獲指令的小安，像是機器人般的開始調酒。

酷炫的燈光閃爍在小安臉上，畫著精緻妝容的她，卻沒有任何表情。

將調酒擺到吧檯上，小安開始下一步的工作。

「妳心情不好？」客人的提問，小安充耳不聞。

「要不我請妳一杯？」停下動作，小安輕輕地點了點頭。

小安沒有製作調酒，反而幫自己泡了一杯咖啡，製作好給自己的咖啡之後，小安與客人碰杯，自顧自地喝了一口。

不顧客人驚訝的神情，小安放下杯子，深深地、大大地吸了一大口氣。

她沒有料到，自己竟然為自己調製了一杯，前男友最喜歡的黑咖啡。

頰。

這熟悉的苦味，又牽引了回憶的來襲。

「不好喝嗎？」客人語畢，小安的眼淚，開始大顆大顆地滾落臉

「我失戀了。」這是今晚，小安開口說的第一句話。

「我也是，那又怎麼樣？」

小安終於抬頭，看著眼前這位客人：「我就是想哭，怎麼樣？」

「妳都是這樣跟客人說話的嗎？」

前男友－2

文：765334

小安依舊擺著一張臭臉，沒有回話。

「我是小楊。」

低著頭的小安，微微地點頭回應。

「不要哭了。」

小安緩緩地抬起頭，在小楊面前，拭去雙頰的淚水：「好。」

他的話好像有一股魔力，小安突然收起了眼淚，穿梭在繁忙的吧檯中。

小楊靜靜地在一旁看著她，他很想知道，這麼美麗的女人，到底遭遇到什麼樣的失戀，讓她如此失魂落魄。

跨年夜之後的每一天晚上，小楊總是會來店裡找小安。

有時候是跟朋友一起來，有時候是因為應酬的需要而來。

不論小楊來店裡的目的是什麼，他總是會找小安聊上幾句。

而小安始終維持一樣的態度，冷酷地讓人難以接近。

「最近還好嗎？」小楊坐在吧檯邊，正在等朋友的到來。

「還好。」

「還在難過？」

「今天一樣神風特攻隊嗎？」小安不正面回答他的問題。

小楊忍不住笑出了聲音：「妳真的很有趣。」

「你到底要喝什麼？」小安靠著吧檯，一臉的不耐煩。

他們倆個人每天晚上的見面，好像成了固定的公式。

現在只要小楊出現在店裡，大家就會自動幫他找小安。

候，偷偷問員工關於她的事情。

漸漸地，小楊也跟店裡的員工們都混熟了，他會趁小安休假的時

幾經詢問，小楊終於得知小安與前男友的過往。

原來小安與前男友從大學就開始交往，雖然不是小安的初戀，但是她對前男友用情非常深。

他們交往了五年，已經到了論及婚嫁的地步。

「那怎麼會分手？」小楊發問。

「那男的是個咖啡師，最近想開店跟小安借錢。」

「那很好阿，成家立業。」

「但是小安拒絕他。」這個原因，讓小楊張大了雙眼，不可置信。

因為前男友的不務正業，讓小安很沒有安全感，她擔心要是去貸

款讓他開店，到時侯錢還不出來，受害者會是她。

「就因為這樣分手？」

「男的鬧要分手，小安捨不得，差點要去借錢。」

「結果？」

「結果男的搶先一步找到新的金主。」

小楊口中的啤酒差點噴了出來。

五年的感情，竟然毀在金錢關係之上，這個渣男的行為，很讓人氣憤。

「那他跟新女友還好嗎？」

「聽說要結婚了。」

小楊的啤酒再次從口中奪門而出。

「那女的還是小安的朋友。」

這有如八點檔般的劇情，雖然常常可以聽見，但是當這件事發生在認識的朋友身上，竟是讓人氣得牙癢癢的。

前男友—3

文：765334

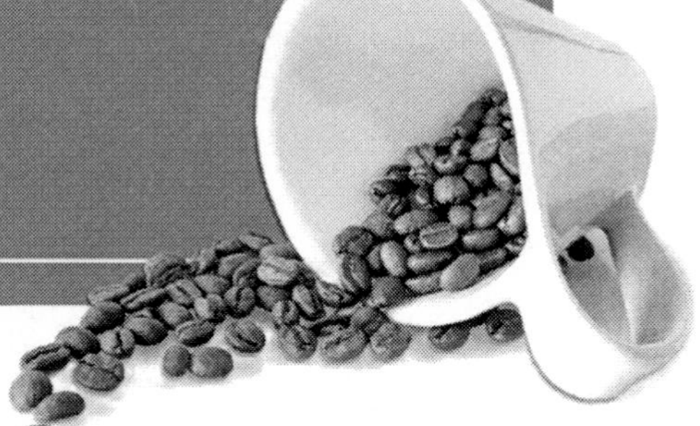

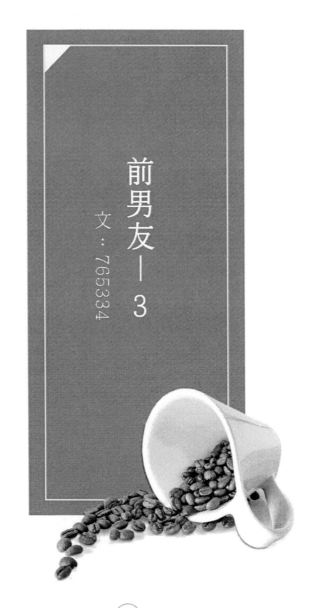

時間不知不覺地飛逝，很快的，小安跟小楊已經認識了半年。

這半年來，小楊覺得小安漸漸地有改變，她不再那麼冷酷，她會笑、會開心，雖然她依舊尚未走出情傷，但是，小楊相信他自己能幫她走出陰霾。

而每天下班後去找小安，似乎已經成為了小楊的日常生活，如果遇到小安休假，小楊還會感到失望，失魂落魄一整天。

即便小楊對她的追求表現的很明顯，但是，小安卻始終無動於衷。

小楊知道她的心裡面還住著前男友，沒關係，他可以等，他在等著有一天，小安總會接受他。

這一天，一如往常的週六，本來都是晴天的天氣，卻從傍晚開始，下起了大雨，而且雨勢隨著時間，越下越大。

小楊特地在店裡待到打烊：「我送妳回去吧，雨那麼大。」

正在收拾吧檯的小安，沒有回答，繼續忙著手邊的工作。

小楊再追問：「好嗎？」

小安停下手邊的動作：「好。」話音一落，小楊忍不住揚起嘴角，開心地笑了。

這是第一次，小安終於答應他的請求。

上車後，小楊問了小安地址後，他說：「噢，妳住那裡阿，那邊有間排骨飯很好吃。」

小安看著窗外，冷冷地回：「我剛搬到那裡，不知道。」

「那⋯」

「分手之後我就搬出來了。」

傾盆大雨讓雨刷工作得更加賣力，豆大的雨滴打在車頂，幾乎就要掩蓋過廣播節目的音樂。

這也是他們第一次，聊到前男友的話題。

小楊沒有接話，繼續專心開車。

他其實很想問，但是又怕她傷心。

接著，小安自己開口：「他說他想繼續住在那，那就留給他們去住吧。」

「妳還愛他嗎？」這是小楊一直想知道，卻也已經知道的答案。

小安沉默。

凌晨三點的台北，霓虹燈不多，但是在滂沱大雨的扭曲之下，雨滴放大了霓虹燈的顏色，刺眼的令人心痛。

「你呢？」這是小安第一次，關心起小楊。

「妳想聽哪一任？」這個回答，讓小安笑出了聲音。

小楊忍不住轉頭看向她的笑臉，他真心的希望，自己能夠像現在一樣，讓小安開心，讓她可以忘卻與前男友的過去。

「妳會餓嗎？」

小安停止笑聲，微笑著說：「你要帶我去吃什麼？」

小楊假裝看了看手腕上的錶：「現在這種時間，吃滿漢全席如何？」

小安的大眼睛看著小楊：「當然好。」

他們倆個的笑聲，佈滿了車內所有空間。

隔天下午，當小安走出公寓大門，小楊的車已經在門口等她：「上車吧。」

小安沒有猶豫，直接就上了小楊的車。

「那杯咖啡給妳的。」

副駕駛座旁，放了小安最喜歡喝的咖啡。

她偷偷地笑了。

開心地笑了。

前男友－4

文：765334

之後的日子，只要是周末，小楊都會自動自發的載小安去上班。

這像是一種默契，不需要事先約好。

時間到了，小楊就會出現。

本來是載小安上班，但是，小楊出現的時間開始往前推移。

他們會一起先去吃晚餐，然後小楊再送小安到店裡。

如果小楊當天晚上沒事，他就會在店裡一整晚，如果當天晚上有約，小楊會先離開，等小安下班再過來接她。

這樣的相處模式，看在旁人眼裡，只差那麼臨門一腳，他們就可以順理成章的成為戀人。

週一夜晚，客人明顯的比較少，小安與同事聊天之間，同事問她：「欸，妳跟小楊，怎麼回事？」

小安皺著眉頭，若有所思地說：「我，其實我也不知道。」

「蛤？人家他都追求的那麼猛烈了，妳還說妳不知道？」

小安依舊皺著眉頭，不知道怎麼回應。

她當然知道小楊對她的好，只是，她不知道怎麼回應他的好。

或許，她是可以接受他的。

但是，她又害怕受傷害。

她害怕，小楊有一天會跟前男友一樣突然變心、突然消失，突然間，說不愛就不愛了。

她害怕再承受一次的天崩地裂，那太苦了，也太可怕了。

「你們這樣也一年了吧？」

直到同事問起這個問題，小安才認真的回想，她跟小楊，已經認識好一段時間了：「好像差不多吧。」

「那怎麼樣也該有個結果了吧？」

小安沒有回答。

「是吧？」

小安聳聳肩，一樣沒有給出答案。

她確實有想過，跟小楊之間有沒有發展的可能。

但是，她只要一想到這件事，內心就會恐懼不安。

也許她是想接受的，但是過去的經驗卻又圍繞在她內心深處，讓她害怕。

想到這，突然有人叫她：「欸，小安外找喔。」

放下手中的杯子，她看了看時間，心想著，這個時間點，應該是小楊買晚餐來給她。

小安興沖沖地走向另一邊的吧檯，當她看見在吧檯等她的人，她停下了腳步，雙手開始顫抖，眼淚慢慢地湧出眼眶。

她的視線開始慢慢地模糊了起來，她說不出來現在的心情是什麼。

開心？傷心？憤怒？

都不是，她說不上來，此刻的感受。

她清楚地感覺到自己的呼吸變得異常急促，她想前進，卻無法再向前，她想動，卻沒辦法移動雙腳。

小安像是失去了所有力氣與力量，只能呆呆地站在原地，無法動彈。

對方看見了小安，他用力地揮著手，深怕小安沒有發現他的存在。

「小安！不要過去。」同事好意地提醒，終於把小安拉回了現實。

深呼吸一口氣之後，小安鎮定地說：「沒關係，我可以。」

鼓起勇氣，小安邁開步伐，一步一步，緩緩地朝前男友的方向走去。

前男友－5

文：765334

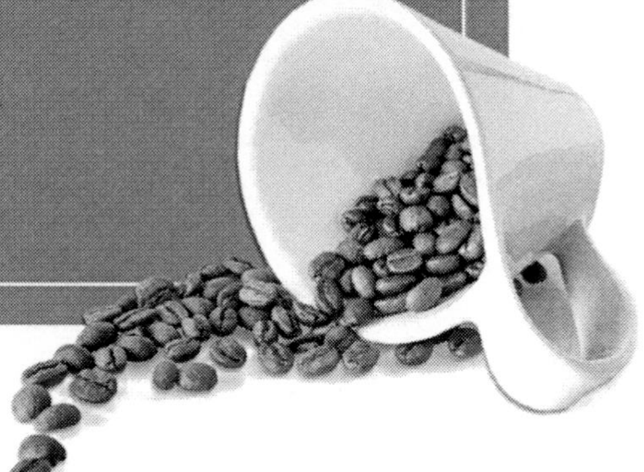

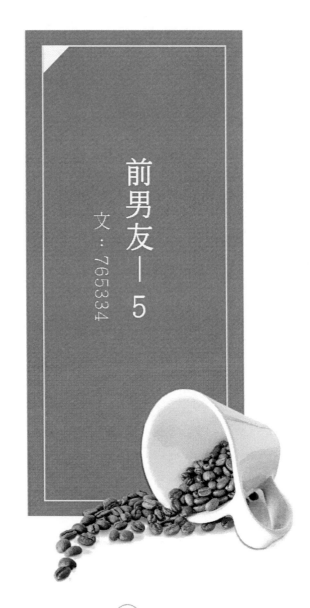

小楊這一週工作特別忙碌，已經三天沒有到小安店裡。

週六下午，小楊一如往常要送小安去上班。

同樣的時間、同樣的地點，卻遲遲沒有見到小安的身影。

時間已經過了半個小時，小楊傳了訊息給小安。

過了一會，小安回訊要小楊今天不用等他。

小楊的內心閃過一絲不安，卻又說不上來是什麼。

車子駛離小安家樓下，小楊來到了小安店裡，依舊不見小安的身影。

問了其他同事之後，得到的答案是：「小安今天休假阿，她沒有跟你說嗎？」

小楊內心的不安，越發地嚴重起來。

她休假？

但是沒有告訴他？

這一切，都奇怪到無法形容。

在小楊離開店裡之前，小安的一個同事急忙忙地跑出來找他：「小安她前男友前幾天跑來找她。」

這句話，削除了小楊內心的不安。

至少，他終於知道，小安避不見面的原因。

「好。」這是他能說出的唯一回應。

其實，他只要知道小安是平安的，就好。

其他的事，好像都不重要了。

接下來的一個禮拜，小楊都沒有出現。

他不知道，他是不是還需要出現在小安面前。

他更不知道，小安現在的狀態如何。

他發現，他不想帶著惶恐不安的心情去見小安。

這一個禮拜以來，小安也是一封訊息都沒有。

他們倆人之間，像是突然被用力扯斷線的風箏，各自飛得好遠，遠到完全看不見彼此。

他當然很想聯繫小安，但是，他又怕得到令人傷心的答案。

小楊當然也清楚知道，小安對前男友有多麼放不下。

想了想，他還是先不要去見她。

又一個禮拜過去了，思念的煎熬讓小楊的生活非常不好過。

他依舊會在週末到小安家樓下去等她，卻只是得到一場空。

但是，歷經好幾個失眠的夜，小楊終於忍不住了。

他覺得，他需要一個答案、一個結果。

特地挑了一個禮拜一的晚上，小楊確定了小安有上班之後，他買了一杯小安最喜歡的咖啡過去找她。

一開門，那熟悉的煙酒味馬上襲來。

不需要多加找尋，小楊一眼就看見小安的所在地點。

他筆直地朝她走去，內心還在思索著，待會開場第一句話要說什麼才好。

小安依舊如此冷酷又美麗，這麼多天沒見，她瘦了。

小楊的腦海裡，開始出現許多不應該出現的念頭。

她跟前男友和好了嗎？

她搬家了嗎？

她是搬回去跟前男友住嗎？

一走到小安面前，她將咖啡放到吧檯上，小安抬起頭，看著他：「嗨。」

「好久不見。」語畢，小楊才驚覺，他有多想念這個女孩。

埋藏在內心許久的思念，在這一刻，他終於忍不住了：「我很想妳。」

小安收下咖啡的動作停止了。

前男友—6

文：7653334

「嗯。」小安小聲地點頭回答。

就在這個瞬間，小楊似乎看見，一抹微笑閃過小安的臉龐。這樣稍縱即逝的笑臉，是小楊念想已久的表情。

「你今天會等我下班嗎？」這個突如其來的問題，令小楊又驚又喜，但也充滿了不安的期待。

「當然。」

「那，晚上吃滿漢全席可以嗎？」

小楊笑著回應：「當然也可以。」說完，小安給了她一個笑臉，然後繼續忙著工作。

懷著忐忑不安的心情，終於等到小安下班。

一上車，他們倆個人都沒有說話，氣氛有點尷尬。

「最近好嗎？」小楊開口打破沉默。

「還不錯。」

接著，一路上雙方都保持安靜，沒有對話。

他們一起用餐的氣氛不再像之前一樣熱絡，只是有一搭沒一搭的聊著。

吃完宵夜，一上車，小楊問她：「妳搬家了嗎？」

「對。」

小楊在內心深呼吸一口氣之後，淡淡地問：「和好了嗎？」

「沒有。」這個答案，讓小楊的心情瞬間豁然開朗了起來。

「那妳……」

「我沒有跟那個爛人和好。」

小楊笑著說：「好。」

現在，他不只鬆了一口氣，也知道小安依舊恨他，但是，他還是忍不住想知道答案：「為什麼？」

「因為你。」小楊轉過頭，小安正張著她的大眼睛，看著他。又驚又喜的表情，就寫在小楊臉上。

小安開始說起，當初前男友回來找她，她確實有點開心，也曾想過要跟他重修舊好。

「但是，我越是跟他在一起，越是會想起你。」

「我⋯⋯」

「你先聽我說完好嗎？」小安笑了，就像是在取笑小楊的著急。

小安說，不論前男友帶她到哪裡，她腦海裡想的都是小楊。

她試著接受前男友的示好，卻發現，她越是接受，越是會將他拿來跟小楊做比較。

「也就是說，我比他好？」

小安笑了，這是他第一次看見，小安笑得那麼甜。

「確實有好一點。」

小楊驕傲地整理西裝衣領，還拉了一下領帶。

「其實一開始，我也不確定自己的心意。」

小楊安靜地聽著。

「但是，後來我發現，我會開始期待你的出現。」

「我也是。」語畢，小楊輕輕地親了一下小安的額頭。

接著，就在小楊的雙唇離開小安額頭的瞬間，小安伸出雙手，緊緊地抱住他：「我很想你。」

小楊開心地笑了：「這個進度會不會太快了，妳怎麼好像變了一個人？」他的語氣滿是愉悅的開心。

「這才是真正的我。」

「我全盤接受。」

離開小安的懷抱，小楊牽著她的手：「搬來跟我一起住吧。」

小安張大了雙眼，驚訝地說：「你這個進度才叫快吧！」

「不是，這樣我接送妳上下班比較方便。」

小安的表情從驚訝轉變為生氣，她的拳頭落在小楊胸口，小楊開心地抓住她纖細的手：「因為我不希望妳再離開我的視線，好嗎？」

小安甜甜地點了點頭。

接著，小楊發動引擎，這一次的目的地，他們一起前往小安未來的住所。

小楊的家。

咖啡不是酒

文：六色羽

「老闆，再來一杯——」

站在櫃台後擦著咖啡杯的你，楞住的看著我，我也生無可戀的瞪著你，你的眼神告訴我，這裡是咖啡店，不是酒吧。

深夜十一點，老實說，這是我第一次光臨你的『過了就好』咖啡館。以前經過這裡，只覺得它的外型是典雅的木製小屋，韻著淡淡的東洋風味，卻總是飄著濃郁酣醇的咖啡香，日式建築和咖啡實在很不搭嘎，所以就都真的如同你的店名所言『過了就好』。

如果要喝咖啡，首選當然是巴黎歐式典雅餐館，或有蝴蝶翩翩的美式鄉間庭園，當然還有神秘感交織現代風味的星巴克，那類新潮的連鎖咖啡廳在在充滿午后巴賽隆那的慵懶。

我篤定炯亮的目光贏過了你已準備打洋的決心。

你驀地問我：「妳喝過樹葉拉花嗎？」不待我回答，你已開始解說：「葉子拉花得先選一個平底寬闊特別的杯子，這樣葉子才能有空間得以展開。」

結果你拿了一個很普通的咖啡杯放到我面前，又拿了一杯連眼睛都覺得芬芳的咖啡粉放到機器前。

「這阿拉比卡咖啡豆用義式濃縮的方式沖泡，才能保留豐富的油脂產生張力來支撐樹葉的線條。」

你開始若有其事的製作起奶泡準備拉花，我緊盯著你認真的臉龐。

「奶泡不能太厚，太厚整體的線條會很粗變得不清晰而影響美感；但也不能太薄，那樣拉到底葉片線條會不穩定成不了型。」

話音未落一杯黑漆漆的咖啡裡，三片層次而上的雪嫩葉子真的長了出來！我精神為之一振，這杯除了口感和香氣別緻外，從眼睛就開始對它感到很嚮往，真的是Latte Art。

但我遲疑著，真的該把這麼療癒的圖案給喝下嗎？可是它是老闆為了我這深夜趕都趕不走的不速之客，特別繪製的幸運葉，我怎麼能辜負？

輕輕啜了一口品嘗，各種不同層次的綿密香醇在嘴裡瞬間化開，苦澀後酸甜的回甘，幸福不就如此嗎？

原來老闆『過了就好』，就是這種意思嗎？再黑再苦的本質，也能從中挑出新的氣象，還開花成葉結果。酒能讓人茫讓人醉，但醉醒後的後作力卻是千倍，還不如喝杯特濃黑咖啡，讓它的咖啡因逼你一夜清醒面對。

之後的夜晚我經常忍不住深夜拜訪，不知從幾何時？好像我也變成店家老闆之一，跟著你一起拉下『過了就好』的鐵門，將一屋子的香味鎖在木屋裡。

圓豆與壞女人

文：六色羽

晚上十點，『過了就好』進來了一個喝得微醺、長相甜美的女子，她一屁股坐在吧檯，卻不急著點一杯咖啡，反而對你這個老闆說起失意的心事。

她說她剛拒絕了一個幾乎可以成為完美對象的男人，因為她始終忘不了前任，但她在前任那段戀情中卻無意間成了小三，無形中給她貼了一個道德觀有問題的標籤，使她再也走不出陰影接受新戀情。

只是，她萬萬沒想到，前任居然說到做到，真的為了她離婚，就一直空窗了三年等著她答應。她雖然深愛著他卻仍很猶豫，已經錯了一次，難不成真的要錯到底，成了貨真價實破壞他人婚姻的壞女人？

你突然放了兩杯咖啡在她面前問：「妳要喝圓豆 Peaberry 研磨的咖啡，還是一般咖啡就好？」

我停下手中的咖啡杯，怎麼你從沒問過我這個問題？

她側著頭問：「有什麼不一樣嗎？」

你手裏冒出一顆咖啡豆說：「這種圓豆，兩側呈現橢圓狀，正常的咖啡果實通常由兩顆平面向內相對的種子組成。一棵咖啡樹上只有5-10%的機率，會出現一顆圓豆種子，我們稱這顆單獨的種子為圓豆或珍珠小豆。它通常長在咖啡樹枝最尖端的果實裡，挑選時必須經由人工層層篩選，再加上產量稀少所以十分珍貴。」

她若有所思的嗯了一聲：「所以，它比較香醇昂貴嗎？」

你笑道：「的確有人說它顆粒較小濃縮了比一般平豆更多的養份，所以應該擁有較明亮的酸度和更為香甜濃郁的突出風味。但在植物學上卻認為，圓豆的產出，可能是種生長過程中，遺傳性的畸形缺陷。」

我和她都驚奇的挑起眉盯著你。

「所以比較貴的圓豆沒有比較好喝的意思嗎？」我忍不住問。

「這答案可能見仁見智，因為它沖煮的方式就和一般的豆子一樣，只是有些人可能會有先入為主的觀念，認為特別稀有又比較貴，當然比較香濃好喝。」

你也泡了一杯圓豆咖啡給我，喝了一口後，我泰然一笑，果然見仁見智，只是原來咖啡豆也有畸戀！

只是不論這上帝賜與人類的神奇果實以何種方式誕生，基因缺陷的圓豆也好，單純普通的平豆也好，最後是否能淬煉成一杯喝了會令人感到舒服、愉悅的咖啡？將視它中間經歷過一連串怎樣的焙煎方式，那才是重點。

雙尾美人魚

文：六色羽

看著星巴克 LOGO 上擁有完美臉龐的雙尾美人魚賽蓮，綠色讓它看起來更加高雅別緻，她是從河神埃克羅厄斯血液中誕生的美麗妖精，因為與繆斯比賽音樂落敗，而被祂拔去雙翅使之無法飛翔。

希臘神話中代表所有權力的繆斯，也是人類一切荒謬乖誕行為的代表，人間發生過嫉妒、貪婪、昏庸、殘暴不仁……等罪行，都可以在祂「偉大」的史詩篇章中有跡可尋。

失去翅膀的賽蓮變幻為美人魚，在墨西拿海峽附近游弋，用自己的音樂天賦吸引過往的水手使他們遭遇滅頂之災，那裡瞬間可屍骨成堆。十三世紀的歐洲，賽蓮可是誘惑、貪婪和驕傲的象徵，被中世紀教會錄入了當時的《怪物圖冊》裡，還經常被用來裝點教堂的柱子和門廊。

就是這樣一條袒胸露乳，長髮捲曲，雙手將雙尾輕輕挽起的雙尾美人魚，蟄伏於大海中，充滿誘惑、神秘，完全符合咖啡“和人魚一樣充滿魅惑與危險”的特性。

你不屑一顧的嗤了一聲，帶著星巴克來到『過了就好』喝咖啡本非我意，我只是經過就忍不住駐足，指腹壓著隨身杯上的吸管不到幾秒，就決定即使美麗的賽蓮會惹怒你，也要進來品味你的咖啡香，也許那香氣比賽蓮的歌聲還要蠱惑魅人，雖然不在無邊無際的大海上，也叫人容易迷航成癮。

看你不是拿咖啡豆反拿了一瓶紅葡萄酒倒了1/4於鋼杯中，鋼杯下的爐子有一道微渺的火光閃爍，那炙熱的溫度和你不急不慢的表情調得剛剛好。

今天不泡咖啡反倒溫起酒了嗎？

你搯起三茶匙無糖可可粉放入相思木碗裏，我屏氣凝神了起來。你再加入四茶匙細糖粉、鹽少許，最後加入一杯牛奶攪和後，倒入酒精蒸發的差不多的紅酒裡混和。醉與苦融合的酣醇一股腦蒸騰而上，我迷濛的雙眼為之一亮，望著那杯秀色可人的『法式紅酒熱可可』。

你將它湊進鼻子前聞香，一副陶醉在奶茶色酒海中沈浮漂蕩，我立刻打斷你想暢飲它的美夢：「老闆，我也要一杯紅酒加可可。」

你可惜的嘖了一聲：「但我只泡了一杯。」

「所以你那杯給我吧。」

「但我賣的是咖啡，不賣紅酒和可可，這杯是天氣轉涼了，我特地泡來自己暖暖胃加促進血液循環，妳喝妳的雙尾美人魚就好。」

啊～原來在我眼前的，是個小氣記恨的繆斯，不是慈悲為懷的媽祖！

我用力咬著的吸管驀地被你連隨身杯一起搶走，那杯暖呼呼的瓊漿玉液，就那麼端放在我面前。

我己經習慣妳的存在

文：六色羽

咖啡對奶精說：「妳破壞了我的純粹，妳的出現使我變得混濁。」

奶精聽完咖啡的話，低頭默默不語，心底泛出陣陣傷心。

咖啡看著她，停頓了一下說：「但我已經習慣妳的存在。沒有妳，我會感到無味。」

奶精有點驚訝，唇角揚起了弧度，笑了。

女顧客說完這個咖啡與奶精的愛情故事後，你只是揚著長眉告訴她，總共一百三十元。

我睨著面無表情的你，腦中不禁浮現一顆硬邦邦的「木魚」，但大頭木魚敲了還會有悶悶作響的回應，你卻呆若木雞，忍不住替那女客人感到難過，但也佩服她的勇氣，向人表白這種尷尬事，若是沒有足夠的把握與決心，最好還是把暗戀一起帶進棺材裡。

你驀地轉身，在餐廳紛亂眾多的人群中，為何你卻顯得特別的醒目？你朝我坐的角落走來，我心竟莫名的感到震蕩，直到你站在我面前，放下了那杯我每天點的招牌拿鐵。

「我今天突然不想喝加了奶精的拿鐵，我也想喝黑咖啡，比較純粹。」我嘴角淡出一抹微笑，小週末的夜晚，我也想跟大家一樣，喝一杯深不見底的清醒，待無所是事的假日，再睡個不省人事到自然醒。

你咬著下唇蹙著眉說：「夜深了，沒賣黑咖啡。」

我拉長脖子向鄰桌覷了覷咖啡杯裡的東西，意謂你剛剛明明就還送了一杯過去，為什麼老是騙我？且別人即使點的是拿鐵，顏色就是比我的暗許多，我懷疑你是 2/3 牛奶，只有 1/3 是咖啡。

怕我回去會睡不著嗎？

你揚起眉，還是執意的放下拿鐵走了。

我情不自禁的又喚了你：「我也要來一份淋上滿滿奶油霜的肉桂

捲，還是一份焦糖肉桂捲也行，我剛聽你不是跟那桌的女生說，它製作過程中，還特意加了香草籽來增添風味？」

「不好意思，深夜吃『會讓人發胖』的焦糖肉桂捲剛好賣完了。」會叫人發胖？還真是刻意強調！

「那麼我要提拉米蘇⋯」

我滿意的合上 Menu 睨望著你，你奈我何的快速寫下餐點。顧客永遠是對的，你擋得了我喝黑咖啡、我吃焦糖滿滿的肉桂捲，卻也擋不住我的提拉米蘇。

結果送上桌的，竟是含有豐富蛋白質、白岑岑的無糖希臘優格！

我莫名的瞪著你，你卻慢條斯理的說：「本店特別推薦能促進腸胃蠕動，改善妳消化不良的招牌優格，絕對讓妳讚不絕口。」你對我眨眨深邃迷人的眼睛。

Irish Coffee
—愛爾蘭咖啡

文：六色羽

「來一杯專門調給空姐喝的咖啡。」

一進『過了就好』就給你出這道難題。坐上吧檯放下皮包，我拖著腮咬著小指，等著你那張呆住的臉上，何時才會有反應？我忍不住噗嗤的笑了出聲，得意的問你：「這下是不是真的考倒了你？」

你嘴角揚起一抹微笑，轉身在櫃子深處找尋東西，我好奇的閃著你寬闊背影跟著東張西望，到底在找什麼？你吧檯後深不見底的櫃子裏，難道藏著一個空姐在泡咖啡？

你終於拿出了一個晶瑩剔透、看起來像喝威士忌或雞尾酒專用的高腳玻璃杯，在杯腹上環繞兩條金線，一條靠近杯底，一條接近杯上緣，你還搜出了另一個金屬烤架。我疑竇叢生，剛剛我點的好像是咖啡，不是啤酒吧？

回神時，你已在咖啡杯加入少許的糖與威士忌，把它移到杯架上進行烤杯。

我訝異，真的是加了酒的咖啡？杯子已烤出了濃醇的酒香。

你修長的手指以等速度旋轉杯子使它平均受熱，當威士忌與糖融合到將盡要燃燒時，你千鈞一髮的蓋熄了酒精燈，再將剛煮好的咖啡倒入咖啡杯中，威士忌與咖啡的比例約為一：五，原來那是那兩條金線的用意，最後加上綿郁的奶泡，視覺感滿滿。

「這愛爾蘭咖啡就是專泡給空姐喝的，不要攪拌，趁熱喝。」

深培濃烈的曼特寧，夾雜著一股醇厚的威士忌，好獨特的酒香！我喝了一口，上層冰冷的鮮奶油沖淡了入口後燙人的溫度，但腹中卻溫熱的燒了起來，灼熱緊接著遍布全身，頓時有種飄然於冬日的暖陽中，在這冬夜裡，我又忍不住的啜了一大口。

「迷茫的醉與酸澀的苦，回甘後的溫暖，那正是我等待已久對妳的迷戀，杯口那抹鹹，不是鹽，是我思念妳的眼淚。」

我臉騰地發紅，疑惑的問你：「你……說什麼？」

「這杯調酒的典故啊！難道妳只是一知半解的知道它為空姐而調的咖啡，卻不知道它的故事嗎？」

我裂嘴傻笑，已經分不出是咖啡中有酒？還是酒中有咖啡？

這是發生在愛爾蘭都柏林機場的一個酒保與空姐的愛情故事，酒保為了暗戀的空姐調出這款名為愛爾蘭咖啡的新式調酒，但等了一年，空姐才終於注意到並點了這杯調酒，酒保因感動對她的愛終於被體驗而落下眼淚。

「啊！酒保果然是性情中人吶。」我一口乾了醇中帶淚的愛爾蘭咖啡，將杯子用力的叩在吧檯上。

你覺得不妙，開始後悔讓我飲酒，這下誰要負責送我回家？

加鹽咖啡

文：六色羽

我放了一瓶可樂在你的吧檯上，你疑惑的睨著我。

「月底了，錢也見底，今天咱們喝可樂就好，不喝咖啡。」

你拿起曲線型的可樂，習慣性的輕挑起長眉：「所以這瓶不到百元的可樂，就是妳今晚打算窩在這裡的代價？」

「何必那麼勢利？我可以免費再說一個加鹽咖啡的感人故事給你聽。有個長相普通的男人，愛上一個身邊有很多追求者的美女……」

「結果那個普通男為了追求那美女，就撒了個"喝咖啡想加鹽"的謊，因為他的老家在海邊，所以，他想念家鄉海風吹來時，口中有苦澀甘鹹的味道。」你搶走了我的故事，繼續暢快地說：「美女真的被他的謊言給打動，最後還嫁給了他。兩人過了四十幾年的美滿婚姻後，美女才從丈夫的遺書中，得知加鹽咖啡的謊言，還有下輩子仍要娶她為妻的承諾。」

我百無聊賴的瞪著你，原來你早就知道這個故事。

「你也會為你愛的人，勉強自己喝一輩子加鹽的咖啡嗎？」

「我更好奇的是，妳真的會眼睜睜看著妳所愛的人，喝一輩子加了鹽的咖啡嗎？畢竟妳早就知道那是他騙妳的謊言。」

「喔！為何我會知道那是謊言？」

「嫁給他後一定會去婆家，他和他家人的關係，真的有好到需要喝如此難喝的飲料才能緬懷家鄉的味道，難道妳會察覺不出來嗎？況且想家就去海邊走走或直接回家不就得了，沒人會用上帝恩賜的咖啡來折磨自己，因為咖啡是用來體會和享受人生的，所以妳今晚的故事不能打折。」

原本浪漫的配樂一下子潦了下去！現在我終於明白，這個人的浪漫指數為零，虧你還是專門製造上帝恩賜給人類享受人生宴饗的男人。

「不打折就不打折，」我白了你一眼：「給我一杯拿鐵。」

肚子卻一陣抽疼，我撫著肚子找起包包裡的胃藥，你冷冷的瞧了我一眼，說：「我已經打洋了。」

「蛤！現在你連咖啡也不想賣我了是嗎？」

「來『過了就好』之前，妳是不是不曾晚上喝過咖啡？」

我默不作聲，但你怎麼會知道？

「妳第一天來時雖然看起來很疲憊，至少沒有黑眼圈，但自從妳開始喝拿鐵之後，黑眼圈就越來越明顯。」

我驚訝不已的撫著熱熱的臉頰：「你現在成了柯南了是嗎？」

「鍋子裡還有一些賣剩的蛤蜊義大利麵，我熱給妳吃。」

與其看著所愛的人受苦，不如阻止他痛苦，那才是你的浪漫哲學，對吧？

咖啡的溫度

文：六色羽

深夜，向來是這條小巷弄裡唯一的光明，今晚『過了就好』竟漆黑黯淡。一個打扮的時尚女人，表情冷峻的從裡面走了出來，她高跟鞋的聲音，叩叩叩地打在堅冷的花崗岩上，慢慢的在轉角處不見。

我還是忍不住好奇進店裡，見你雙手插在胸前，面無表情的倚在月光照進來的吧檯前，陷入沈思。

「那個女人是誰？」

「一杯96℃以上沖出來的深焙冷咖啡⋯⋯」你的視線，還落在窗外的巷道上。

96℃的冷咖啡？「她想幹嘛？」

「賣掉這裡。」

賣掉！我愕然的跟著你越過吧檯轉進了廚房，你的表情，卻拒人於千里不知如何問起？

向來珍惜任何食物的你，恍然倒掉了一壺剛泡好的手沖咖啡，平常沖壞的咖啡你都會集中起來，成為滋潤後面菜園花圃的養份。

你有些魂不守舍的反常，讓我終於忍不住把手壓在你手上問：「為什麼倒掉？」

你嘴角揚起一絲微笑看向我，問：「妳知道沖好一杯咖啡，最重要的是什麼嗎？」

「咖啡豆的品質嗎？」你怎麼對我的問題答非所問？

「不是，是溫度。沖一杯咖啡，溫度非常的重要，96℃以上的水溫過高，容易產生氣泡造成悶蒸不全，苦味會非常濃烈；水溫低於76℃以下，沖煮不出咖啡的香氣，還會沖出咖啡豆的酸澀。」

96℃以上的濃烈苦咖啡，是你用來形容剛才走出『過了就好』的女子，她是房東嗎？該不會是：你的前妻？不然怎麼會擁有房子的處置權。

我吞下所有有關那女子的疑問，接著問我不太關心的問題：「那要幾度才會沖出好喝的咖啡？」

「83℃～89℃，只要沖煮得當，都可以喝到飽滿的好咖啡。剛剛那杯倒掉的咖啡，是因為一時忘了控制水的溫度燒過了頭，還傻呼呼的往咖啡粉淋下去，即使它冷卻下來後，也是一杯難以入口的苦咖啡。」

不同的溫度，粹取了咖啡不同的物質，產生了不同的風味。

你說的是咖啡，但眼神卻滿滿是對愛情的悔恨與哀傷，就是你和她沖出來的故事對吧？以往再多的眷戀與纏綿，都已經變成一杯冷卻、又難以下嚥的咖啡。

那麼，在你眼裏，我應該是什麼溫度下沖出來的咖啡？

如果是低於76℃以下，是否快點加熱？不會是……已經高於96℃以上了吧？

重點是，『過了就好』不會真的被賣掉吧？

入豆

文：六色羽

踏進『過了就好』，雖然裡面的溫度比外面的溫暖許多，但準備關門打洋的你，那拒人於千里的距離感，還是讓我隱隱約約感受到街頭上的冷。你正在烘焙咖啡豆，烘焙機鍋爐正在進行預熱暖機，我仍執意的坐上吧檯的椅子上，請求施捨似的，向你點了杯美式黑咖啡。

一身疲累的我，喝完第一杯黑咖啡仍然不想走，又續點了第二杯拿鐵，你索性又拿起咖啡杯在我面前拉起花，這舉動，是你店內唱晚安曲的儀式嗎？

你笑說，誰叫妳攆也攆不走，你還是遞了杯拿鐵過來。

邊聽著咖啡爐運轉的聲音，那杯深夜熱拿鐵，終於讓我在『過了就好』有了『入豆』的溫度，心也就跟著暖了起來。

往後，我像含有10-12%水量的咖啡生豆，水分是導熱的介質，隨著我經常的造訪，烘焙機鍋爐也將我這顆生豆，由綠轉白，還慢慢在轉成烘焦的黃褐色，我聞到了融化人心的烤麵包香氣，那每每都能讓我忘了踏進『過了就好』前，掉過的眼淚、受過的委屈，俗世凡間的苦惱與壓力，都在這木屋裡被蒸發掉了吧。

你告訴我，鍋爐傳來烤麵包香，是豆子因加熱，正在還原糖與蛋白質，發生梅納反應與焦糖化產生的，等反應過後，它就會生成棕黑色的風味化合物，也就是誘人的咖啡香。

我問你，我是否也能風化出我自己獨特的味道？

你挑高眉思索，身後鍋爐裡，生豆正因二氧化碳及水分被加熱膨脹後撐開，產生的爆裂聲嚇得我縮起了脖子，你不疾不徐的嚴肅回答我，說我不需要再經過太多的風化，已渾身散發著冷中帶溫的獨特風味。

我滿意的會心一笑。

最後進入更關鍵的冷卻期，豆子必需在短時間內降溫，才能鎖定在所要選擇的烘焙風味。如果想要強調花香、果香及檸檬味等保有咖啡豆原有風味，則必需淺烘焙；想要加重核果、奶油、花生等等甜感香味，則選擇有明顯焦糖化反應的中度烘焙。

那麼：如果我想要保有深度烘焙焦化的色澤，又想要兼具果香、花香和檸檬香怎麼辦？

這問題似乎真的考倒了你，你楞楞的望著我，身後的烘焙機竟又傳來咖啡豆爆裂聲響，我再次被嚇到，還嚇得不輕，手中深度烘焙的咖啡，倒了一半在你青色的襯衫上。

咖啡的靈巧妙用

文：六色羽

咖啡的香醇濃郁是不在話下，但為何連它的渣，看起來都那麼的秀色可餐？

咖啡渣，像入口即化的巧克力脆餅、像咖啡雪糕冰淇淋，殘留的餘香，更是叫人不忍割捨。

我緊盯著滿桶的咖啡渣發呆，你突然出聲說，如果喜歡，可以讓我帶些回去。

我質疑的問，這些渣，通常你都如何處理？

咖啡渣含有2%的氮元素，適合用於酸性土壤的改良，或用於喜歡鹼性土壤的植物。可以直接把它們放入花盆，就可增加有機質含量，緩慢釋放氮肥，盆栽的枝葉會變得很繁茂，還可以防蟲。

我以為，咖啡渣只有除臭的功能，沒想到還能當肥料？

不僅僅除臭和當肥料，在英國，新創科技公司將與柴油製造公司合作，把咖啡渣，提煉成具高辛烷值的生質柴油，未來將提供英國倫敦的雙層巴士使用。他們預估，每年收集五十萬噸咖啡渣，提煉出來的生質柴油就能提供全倫敦三分之一的雙層巴士使用。

全球那麼多人喝的飲料，能廢物利用創造新能源，的確是好消息。

在日本，還有「可以喝的文庫本」。

可以喝的？那也和咖啡有關嗎？

那是一種利用AI人工智慧，分析讀者閱讀文學名著後的感受，進而研發出不同口感咖啡的咖啡書，是不是非常特別？

我這小小咖啡館，則是把乾燥的咖啡渣裝在絲襪內擦拭地板，效果和打蠟差不多；或將濕的咖啡渣在鍋中炒乾，可去除鍋子長期燒菜的油味。

這麼說來，我記起我小時候，媽媽也曾將咖啡渣包在絲襪中，外層再以漂亮的手巾縫製成一個圓，用來當針插，插在上面的縫衣針，因為煮過後的咖啡渣含有油脂，所以比較不會生鏽。

妳聽過咖啡果肉茶嗎？

我啜了一口咖啡猛搖頭。你說那是好幾個世紀以來，葉門和衣索比亞的咖啡農，將咖啡果肉乾燥後，再加入香料，像是姜、肉荳蔻或肉桂，然後一起沖泡來喝，稱為Cascara的飲料。

喝起來味道如何？

有點像水果花草茶，雖然Cascara已有甜味，但如果加入一些蜂蜜或糖，可以增添它的風味，更好喝。咖啡果肉除了可泡茶，在醫學上，從咖啡果肉中提取包括綠原酸和乙酸的化合物，被證明可以在頭二十四小時內將傷口閉合率提高到40％。

我驚訝的盯著指間中的小小咖啡豆，它從裡到外都是寶，難怪被世人喻為黑金。

西西里咖啡

文：六色羽

又是夜寂人靜的夜晚，如果要形容今天像什麼？那麼今天就像喝了一杯加了檸檬的黑咖啡，又酸又苦，連肝肺都在哭泣。

生活為何總是這樣，苦澀永遠多於甘甜，酸楚夾在挫折與困難中，如分分秒秒不斷向前推進的大浪，一波還未平息一波又開始急著撲進，何時才能享受半刻的風平浪靜？

你感同身受的含首微笑，笑容中似乎在提點我，檸檬太酸太刺激胃；咖啡會引起大量胃酸分泌，何苦把這兩種敏感的飲料摻雜一起喝下肚？我當然明白不該那麼賤踏自己的胃，只因為人在江湖身不由己。

但你隨後斂起的表情卻嚴肅不已，認真的說，真的有這種飲料，叫做西西里咖啡，一種混搭檸檬的黑咖啡。

為什麼叫做西西里？

西西里（Sicilia）位於義大利南方、是地中海最大的島嶼。在這擁有溫暖燦爛陽光下的南歐，盛產著一顆顆黃澄澄的檸檬，也因此有人異想而發：怎麼不讓香氣四溢黑咖啡藏著金黃色的陽光？

苦中延伸出酸度與清爽，上層鋪上一層綿密豐腴的氣泡帶來滑順的口感，杯緣再加一片自製糖漬檸檬皮做壓軸，直到最後一口都能聞得到檸檬皮散發的清新氣息。

檸檬不但質地裡富含豐富的維他命C美白淡斑、延緩老化；黑咖啡也是高抗氧化劑，兩種飲料碰在一起，不但止住了青春的步伐，還有助排便、減少脂肪吸收、和燃燒多餘脂肪，可說是減肥界的超級聖品。

我聽後如獲至寶，沒想到，兩種挑戰味蕾的敏感飲料，加在一起變成的西西里咖啡，並沒有變成全是人生中的苦澀酸楚，還好處多多！

你說問題在於君子之交淡如水，任何人事物，都不需要愛得太用力才不會受傷，就像檸檬的酸一樣，胃酸過多的患者，一杯少量檸檬水有利於胃粘膜修復，起到養胃作用；但如果檸檬加入太多，或者加了過多的糖和冰塊，那可就很傷胃了。

原來苦盡真的能甘來，箇中道理，在於得懂得如何拿捏酸到極致、苦到回甘的適中劑量與力道，才能調出一杯陽光燦爛的南歐黑咖啡。

閒話家常中，你真的就遞上一杯西西里，檸檬的香氣充滿鼻翼，還未喝下它，就見你眸裡已填滿它奇異的風情，等待我細細品嚐後拋棄所有鑽牛角尖的煩惱。

咖啡的聲音

文：六色羽

寫著『歇業』二字紅通通的牌子，掛在『過了就好』的大門前，我駭然楞住，咖啡館裡也是漆黑一片！

腦子倏地一片空白，半响後，穿過日式的原木門與窗，我彷彿穿透了建物看到你在裡面抱起咖啡豆，耳邊傳來豆子嘩啦地滾進咖啡機裡的飽滿跳躍聲響，磨豆機被你轉開了，銳利的盤旋聲忽停忽起，圓圓的黑豆子被磨成綿密細膩的粉樣。

你走到吧檯後面，我的視線也跟著你一起進去，烤盤被你放進烤箱裡，今晚是不是要烤蛋糕，有沒有我最愛的堤拉米蘇？

吧台前方的磨豆聲已變成咕嚕嚕水沸騰，讓我不由得想起黑壓壓的蒸氣火車頭，那古老的鳴笛就要從『過了就好』啟航，我轉首問肩上背著一袋神奇豆子的你，要飄向何方？

太突然了，叫人措手不及，我忘了跟你要電話號碼，也沒加通訊聯絡方式……

你煮咖啡的思緒又硬闖而入，咖啡一股腦浠瀝瀝地從咖啡機流進杯子裡，芬芳香醇的煙熱騰騰的往上竄，我驀然回首，你如常般拿著一杯剛煮好的咖啡端到我面前，香氣沒有聲音，你也沒有，一旁的冰塊和冰塊融化時，清脆地輕碰在一起的咚隆一聲。

午夜，沒有咖啡館的人聲鼎沸，只有咖啡的香氣甘醇，和你忙碌的身影。

街道外一台摩托車呼嘯而過，那噪音走遠後，緊接著是你用力將咖啡渣敲進渣桶的聲響，它們成坨的掉進不鏽鋼桶中，靜靜的躺在那宛如一顆深度烘焙的巧克力布丁。

身後有冰塊在咖啡杯裡攪伴發出的碰撞聲，頭上有隻飛蛾在菊紅色的藝術燈周圍徘徊不去，龜殼芋被電風扇吹得左右搖晃，像看到冰淇淋甜筒後歡欣鼓舞的孩子，外面門廊上的美術燈也在忽明忽滅，雖然因此把招牌照得別有風味能吸引過客，但它已破壞如常的規律叫人顯得焦慮。

我抬頭，吧檯上的燈驟然熄滅，你已不在那裡。

思緒拉回，我愣然而立，在漆黑的咖啡廳裡東張西望，『過了就好』已然空無一物！雖然天下無不散的宴席，但我從沒想到會以這樣不告而別收場，也許我在你的眼裏就只是眾多顧客中的其中一名，是我自己對你的咖啡莫名的上了癮。

黯然轉身，諦聽身後是否還有任何動靜？但香味沒有聲音，它會永遠留存在腦海裏，以後只要再聞到咖啡香，應該就會回到『過了就好』。

耳邊有鈴聲在慢慢接近，我終於被吵醒，恍然盯著早晨六點半的鬧鐘，吁了一口氣，按下鬧鈴，下床準備今天要打的戰。

山中金鑽

文：六色羽

你說心情不好想約我一起出門走走，沒想到一走就走到海拔快兩千公尺的高山，我問你有何意圖？你笑著的遞給我一杯熱騰騰的咖啡，暖意驅寒，才發覺這杯咖啡竟有淡淡的檳榔香味，再細細品嚐，還有清雅的果香。

沒想到妳的味蕾這麼敏感！這是來自花蓮縣一個叫加納納阿美族部落的咖啡豆。加納納的阿美語是籃子的意思，意謂他們的部落所處的舞鶴盆地，四周環山，中間形成一個平臺，午后繚繞雲霧籠罩著整個部落，從日據時期，那裡就已開始種植咖啡樹。

從日據時期，台灣就有種了？

你點頭，加納納的咖啡樹是和高大的檳榔樹、土肉桂一起混種，檳榔樹替咖啡樹遮蔭，咖啡樹的根則替淺根的檳榔樹抓住土壤，兩者相輔相成，再加上高山氣候溫差大，種了很多高級水果的土壤，造就了甜感更加明顯、風味更獨特的咖啡。

只是和屏東縣大武山排灣族的吾拉魯滋部落咖啡一樣，這曾作為獻給日本宣仁親王的禮物，在日本人撤離台灣後，因當地族人不具備後製及烘焙技術，只能砍掉咖啡樹改種其他經濟作物。

直到莫拉克颱風侵襲之後，面對滿目瘡痍得重建的家園，才想起珍貴的咖啡櫻桃，並開始種植，發展成現今地區特色的經濟作物。

啜飲著手中富含檳榔與果香的咖啡，清澈溪水在耳邊潺潺流淌，豐沛水氣繚繞著潮濕的山谷，想著在這生態豐富的台灣山林裡，還有多少族群也在孕育著咖啡金鑽？

看過排灣族，服飾上複雜華麗的百步蛇圖騰吧？那吐著信的蛇，就是彎延在阿拉比卡－鐵畢卡品種的咖啡樹上。

排灣族的咖啡園不使用農藥和除草劑，肥料也是自製的有機肥來加強土壤養分，低密度的有機栽種農法，以不干擾山林內的原生動植物友善栽種，以達到和大自然永續共存的目地。

阿里山也有索恩娜咖啡，是一種不知名的衣索比亞原生種，它在不同層次會有不同的口感。咖啡豆含有柑橘皮與荔枝的優雅清香，啜飲時會喝到奇異果的酸，再漸漸帶出麝香葡萄與蜜桃的香甜口感，尾韻還有蔗糖的回味，風味十分豐富。

「索恩娜」為鄒族語最好之意，這麼多變的味道，怎麼能不是最好的？

以前只知道西雅圖、85℃、LOUISA……等是台灣本土的連鎖咖啡店，沒想到就在我們的山林裏，原來藏著這麼多黑金！

香煎咖啡牛排

文：六色羽

你問我是不是沒有家？才會下了班，都不急著回家。

我想起我租的房子，沒有貓等在門邊，廚房也從來沒有太多熱度，只有一個足以冷藏不會讓我餓著食物的冰箱，不時飲水機煮開水時滾動的聲響，最多再加個煮泡麵打蛋入鍋的窸窣，那就是廚房的全部。

一個人生活，說起來隨性，其實是單調無味。

你泰然一笑，說自己也一個人，但你廚房的熱度很少降溫，因為你是個很愛吃也講究吃的人。

我點頭表示了解，所以你才會是香氣滿廳的咖啡館老闆，不但把你的講究變成養活自己的手藝，還分享給大家，而我只是個死板板的上班族。

「我教妳煎咖啡牛排⋯⋯」你突然那麼提議。

咖啡＋牛排？創新的黑料理嗎？

不待我反應，你已走到吧臺後的廚房，兩片色澤鮮紅的美國牛小排已平躺在黑色的花崗板上，不規則的雪花藏在360g肉層裏，使它看起來更加鮮嫩多汁。

你說：「煎牛排前一晚，要先將冷凍的牛排拿到冷藏室自然解凍，並在烹煮前拿出冰箱，放在室溫下解凍十五到二十分鐘，讓牛肉回溫，這樣肉汁才不會流失。」

解凍降溫再回溫才能鎖住肉汁的潤澤，這情境彷彿是一對吵架的情侶或夫妻，若是一開始不化解降到冰點的溫度，兩顆心就很難再接近，缺少了溝通的感情很難回溫，關係絕對會隨著時間慢慢流失滋潤劑，最後變成又乾又硬的牛肉乾，再也回不去的口感。

你屏氣凝神地在牛排上撒下玫瑰鹽、黑白胡椒，然後重軸戲來了，約莫0.5湯匙的咖啡粉被你一起撒下醃漬，還未下鍋，香氣已一股腦撲鼻而來，粉色上撲滿了點點咖啡與胡椒顆粒，光視覺就好療癒啊！

打開大火乾燒鐵鑄鍋三十秒，再倒入燃點較高的純芥花油，牛排放入後的滋滋滋，味蕾也跟著跳動了起來，每面煎個一分半後，色澤即變得又焦又脆立即起鍋，靜置於鐵架上滴油。

我勤奮的拿起餐盤和刀叉，殷殷等在一旁準備開動，你大手卻一擋，凜凜的阻止我的衝動。我失望的盯著你，你說等它冷個二十分鐘還要再用奶油、大蒜爆個香，才算完勝。

你對完勝的堅持，讓我只好苦苦的再等二十分鐘，好事總是多磨，就像咖啡，若是未曾經過層層的歷煉煎焙，怎能鍛鍊出叫人魂牽夢縈的酣醇香味？

肚子餓得呱啦呱啦叫，真的要等二十分鐘？

半生不熟的溏心

文：六色羽

下雨了，現在的雨總是來得又急又快！

看著窗外的雨景想起你，你是否正撐著傘穿梭在大街小巷，為午後開店的餐點做準備？今晚的點心，會是什麼呢？

趁著雨勢漸小，密佈的烏雲還未散去，我撐起傘，想去離公司不遠的巷口買人氣超高的溏心蛋。以前經過這裡看到大排長龍的隊伍總是望之卻步，但因為遇見你後，想必你一定也會對加了咖啡的溏心蛋感興趣。

啊！人龍竟沒有因為雨而打斷，還是排得長長的！就在服務員說要等三十分鐘以上時，我猶豫了，但風帶著小雨飄來一陣咖啡香，我還是硬著頭皮排進了隊伍，至少是陰雨綿綿不是豔陽高照，不必忍受熾烈太陽的燒烤。

沒想到，雨乍然停了，天邊瞬間高掛起兩顆被剖開的溏心蛋，螯人橙黃的蛋汁，自半流動地烏雲密縫中探出，驟然把大地照得一片金碧輝煌。

我簡直如見不得光的惡靈，錯愕的看著這戲劇化的風雲變色！毒辣的太陽不但讓溫度瞬間飆昇，還把剛下過的雨蒸出了又悶又熱的濕氣，再次把人間燒烤成煉獄。我有些欲哭無淚想放棄，但想到你撥著蛋殼吃著咖啡溏心蛋的幸福表情，我能忍受高溫的煎熬、我能冒著長斑的風險，也要送給『過了就好』的你今晚配一杯咖啡一起品嚐人生。

晚上，我愕然看著你今晚準備的點心，竟然是溏心蛋！

盯著那濃稠得化也化不開的溏心，烈日好像又在我頭頂上燃燒，難不成我們真的心有靈犀？竟會不約而同的準備同樣的點心。

「是啊，怎麼？」你看著我雙手埋沒在包包裡楞在原位，疑惑的問：「妳有什麼東西要拿給我看嗎？還是⋯妳不敢吃半生不熟的蛋？」你的表情很擔心。

既然木已成舟，那只好就順水推舟了。我自包包拿出我排了老久才買到的宵夜，放到吧檯上。

「這家的蛋可是加了他們特製的咖啡一起熬煮，風味非常特別。」

「那家店的咖啡溏心蛋，就是從我這批發出去的。」

「什麼！」

你乍然一笑：「妳知道煮溏心蛋最擔心的是什麼嗎？」

「應該是不小心把蛋全煮熟了吧？」

你若有所思的點頭：「我們也和溏心蛋一樣，一開始的感情也是半生不熟，但只要一不小心把時間熬長了，就會熟透，不再是滑嫩可口的溏心。」

我們⋯的感情？

你口中不再是滑嫩可口的溏心，指的是你曾經擁有的甜心嗎？我們的感情，根本還沒開始。重點是⋯我居然排了一個下午，買你自己煮的溏心蛋給你。

咖啡雞湯

文：六色羽

你似乎不是很希望我們的感情進一步加溫變得更熟更熱絡，那日溏心蛋的話，也讓我恍然數了數日子，這一個多月以來，我竟幾乎是每天都到『過了就好』報到！

難怪你會對我發出那樣越界的警訊。

拍拍發熱的臉頰，我究竟迷上了『過了就好』的哪裡？

對你泡咖啡的模樣上癮，還是你泡的咖啡上癮？應該是…咖啡吧？

這個問題縈繞盤旋了我一個晚上，耳邊六點半的鬧鈴突然大作，又是失眠的夜晚。

不僅腦袋發脹，連眼睛也感在發熱，坐起身後，才驚覺整個房子都在天旋地轉。起不了身，動一下就噁心想吐，只能瞪著天花板想著今天公司會有多忙碌，但我一點也不想過去解決那些問題，只想閉上眼睛，想起你前天問過我的事……

「妳喝過生咖啡煮的雞湯嗎？」

生咖啡？

就是指咖啡櫻桃或稱咖啡漿果，它在樹上累累成串後，由綠慢慢轉紅，再變深紅，最後偏向深咖啡色的棗紅，色澤層層分明。

果實變成紅色時就可摘下，撥開它紅色的外皮，薄薄透明的果肉可以生吃。

我嘴角盪出好奇的微笑，咖啡漿果，它的種子能粹煉出那樣神奇的濃醇香，果肉的味道會是怎麼樣？

你不疾不徐地說，有淡淡的甜，和淡淡的果香。

那麼雞湯呢？

紅色的咖啡櫻桃不用去皮，和生薑一起塞入雞肚裏煲煮一個小時，起鍋前加米酒、適量鹽，再次煮滾即完成，湯汁裡不但果香四溢，還有淡淡的咖啡香。

光靠想像我已垂延三尺。

我驚醒，看著響個沒完的手機，恍如隔世，時間竟已來到十點！

接起電話，迎面而來的是主管劈頭質問。我雖隨便搪塞個病假給他，但根本不知道自己到底怎麼了？只是流得滿身的汗，早上的暈眩和惱燙已不再，昏昏沈沈又睡去。

再醒來，窗外已夜幕低垂，原來不匆忙的夜色是如此地遙遠與寧靜，不時閃爍的車燈和霓虹燈，像站在城市裡提著燈籠的魍魎，雖隱沒在黑暗中，看不見身也見不到影，手裏的光，卻仍不斷朝著希望探尋。

通訊電話乍然響起，是你！

我猶豫著是否要接？如果要戒掉你的咖啡，找回我正常的睡眠，我就得從現在開始……

電話斷了，一聲叮咚打破滿室的沈靜。

「我煮了咖啡櫻桃雞湯，要過來嗎？」

我的理智瞬間斷裂，俗話說，要抓住一個男人，先抓住他的胃，看來要抓住女人也是同樣的道理。

我速回：「馬上過去。」

咖啡烤雞

文：六色羽

我低頭看著土甕裏一鍋黑麻麻的醬汁感到十分的新奇，忍不住深呼吸，這是什麼醉人的香氣？裡面醃漬的是什麼好料理？

「是土雞，已醃了兩天。」

醃了兩天！上回清徹甘甜的咖啡雞湯還在唇齒留香，這次要煮什麼叫人回味無窮的咖啡料理？

「醬汁裡是什麼？」

「醬油、紹興酒、荀杞和甘草。」你毫不隱藏的說出其他獨門配方，坦蕩蕩的豪氣，是只對我沒有戒心嗎，還是對任何人都如此呢？

你不假思索的戴起手套把土雞自甕中撈起，那醬汁瞬間落回甕中的景象好不療癒，再幫它來個馬殺雞，把表皮的水分擦得一乾二淨，你說這樣才能烤出香酥的脆皮，又忙不迭的將 1/4 顆洋蔥、五顆大蒜、及幾顆生咖啡往雞肚裏塞進。

我瞪大眼以為已經大功告成，現在就等著放入烤箱吧。

但前置作業似乎還沒完，你又拿起一碟奶油和橄欖油，開始用刷子在雞身上塗抹，等整隻雞看起來金黃油亮後，再分別均勻的撒下胡椒粉、咖啡粉及海鹽，最後才滿意的放入烤箱，以220℃烤約六十分鐘。

果然是『過了就好』料理，就是要和別人的與眾不同，還特意加了咖啡粉和生咖啡，絕對料理出獨特的香氣。你說這道咖啡料理的創意，其實是出自古坑某家餐廳，不是你，若我想去吃原創始祖的手藝，改天可以載我一起去。

我訝然的盯著你，這不會是：約會邀請吧？

我怎麼又開始胡思亂想？

連忙把視線轉移到土雞身上，但它已被你若無其事的放進了烤箱裡，門關上的剎那就是一種期待，它滴答滴答倒數計時，等它再被端出來，就是一隻香氣四溢的金黃脆皮烤雞。

我有些迫不及待的想將烤箱時間偷偷加快，雖明知那只會得到一隻半生不熟的雞，漫長的時間才是將它焦化成美味的關鍵。我的人生，是不是也在不斷倒數計時的漫漫的流光中，被熬煮烹調出叫人回味無窮的人生？

烤箱終於噹的到了終點，雞身上的咖啡經過烘烤後，被熬成黑糖的亮麗色澤。

最近你似乎都不太做甜點，反而以熟食當作咖啡的配餐？

你說甜食可給吃過正餐的客人配咖啡，熱食…你乍然睨向我才款款的說，是特別為深夜還空著腹，卻又想喝咖啡的客人享用，那樣才不會傷胃。

為何今天你錙銖片語裡，都滿含著深意？

焦糖爆米花咖啡

文：六色羽

微波爐裡的焦糖爆米花嗶嗶啵啵烤好之際，陰冷的大雨驟然而下，也澆不熄我想吃爆米花的心情，整個咖啡館混雜著奶油甜香。

你在吧台和廚房裡忙進忙出，玻璃門上驀地傳來叭叭叭：緩慢節奏的聲響，我們好奇的一同看向陽臺的玻璃，除了風挾著雨搖晃著風鈴外，門外並沒有看到任何人影？

應該是陣陣的北風在惡作劇。我們不疑有它，繼續埋首於手邊的工作，但我在『過了就好』不是工作，是來吃吃喝喝充當顧客才是我的工作。

就在我貪婪地扒著爆米花進籃子準備大快朵頤時，叭叭的聲響再次響起，我和你不約而同放下手邊的工作，走到玻璃門，訝然看到一條灰色肥厚的毛茸茸尾巴，慢條斯理的拍打著玻璃！尋著那條尾巴看到了它的主人，一隻英國短毛貓，圓滾滾的伏在簷廊下的台階上，悠閒的等著雨停。

牠扭過短短的脖子，隔著玻璃看著我們，表情一樣泰然若定，向我們喵地彷彿打聲招呼後，就一點也不怕生的繼續直視著牠前方的雨世界躲雨。

「貓？」

你面無表情的說了那個字，就轉身走回吧臺。

我看著外面冷冷的雨越來越大，忍不住的叫住你：「可以讓牠進來躲一下雨嗎？」

你擰了一下眉頭也沒反對，我推開門，灰蒙蒙的身影不待我喊歡迎光臨，已理所當然的走了進來，跳上高腳椅後就一屁股坐定，似乎在等著接受你的款待。

我會心的睨著眼前的寧靜，吃著剛烤好的焦糖爆米花，你將泡好的義式咖啡和 15 cc.的蜂蜜放進濾壓壺中，再加入 150 cc.冰牛奶攪拌均勻後，蓋上濾壓壺蓋子，來回濾壓打至約三分鐘，直到它呈現綿密奶泡狀。

灰貓以致命的橘色大眼睛，目不轉睛的盯著你的一舉一動，牠會不會以為這是你為牠特調的罐罐啊？小貓咪應該是不能喝咖啡喲。

我跑進廚房，選了一個較高的玻璃杯回到吧臺，貓兒仍紋風不動的坐在牠的椅子上，瞇著眼瞧著我，真是一隻乖巧有禮貌的客人。

我在玻璃杯中加入150 cc.冰牛奶，再把剛完成的咖啡焦糖冰奶泡盛入杯中至杯口一公分處，最後在冰奶泡上鋪滿爆米花，完成了仿星巴克的《雲朵咖啡焦糖爆米花》！你好奇的先啜了一口挑高眉沒說什麼。

啊！這時我才發現我們有禮貌的客人，鬍鬚邊殘留有爆米花的屑屑！我和這位小客人互擠眉頭，這個小秘密，千萬不能讓店家發現喔。

咖啡的冷萃

文：六色羽

你的吧臺上放著一個冰滴壺和一個冰釀壺，一個捲髮的女人坐在你的面前，雙肘置於臺面上，屏氣凝神的看著你熱心地介紹，如何冷萃出一杯餘韻十足的咖啡？

那些冷萃咖啡壺也曾經大陣仗的擺在我面前，夜深人靜的咖啡館，你打算水滴出一杯冷萃咖啡，水在玻璃瓶碰撞出輕脆的聲響。

黑麻麻的中烘焙咖啡粉，被你杓出80g倒入滴漏杯中，再倒入80g的冷水浸潤，你說一公升水搭配60-80g咖啡粉，口感清爽，若想要較濃較滑順，咖啡粉可增加到120g，再加入牛奶更濃郁。

冷萃咖啡，和熱水泡出來的咖啡，有什麼不一樣嗎？

你嘴角勾起一抹好看的微笑，說冰滴的咖啡，過程中全程以冷水浸泡，酸質較多，但若想要較多甜味的冰萃咖啡，則可選擇先加一半的熱水浸泡，再加入一半的冷水，帶出甜感的冰鎮咖啡。

沖泡的方式不同，找出最適合自己的口感比較重要，任何一點細節改變，就會調出不一樣的風味。

要找出適合自己的口感的確很難，若是沒有耐心細細磋合，好味道也許就在那瞬間擦肩而過。

你緊接著在浸潤過的咖啡粉上，覆上一張也浸潤過的丸形濾紙，濾紙的張力可以讓水分散發開來，達到較均勻的萃取，不然長時間的水滴，會把粉層滴出一個水坑。

放上盛水滴杯，倒入冰塊和冷開水，蓋上蓋子，咖啡開始從上方的冰塊一點一點的融化，把咖啡粉的精華冷萃滴落集中。

萃取時間是冷萃咖啡的關鍵因素。8-16小時，會產生果汁感和清爽的餘韻，較少的苦味；16-30小時，會產生更深更厚重、更甜的咖啡，但最後的餘韻有乾燥感。

我目送著你將整壺冰萃器皿拿進冰箱，訝然竟要冰萃那麼久的時間才能喝？

你說，經過時間發酵後，會有更濃郁的果香。而且冷萃咖啡比起一般熱沖雖更少苦澀，但咖啡因更多，早上喝更能提神。

果然是冰冷中萃取出的瓊漿玉液，比熱沖有更多無影殺手咖啡因。

同樣的夜、同樣的擺飾，你認真的神情裡除了藏著自信的微笑，還有一抹難以捉摸的神秘，卻同樣為深夜造訪的客人，冰釀著一杯至少要長達八小時的咖啡，那是否意味著，她明天也會為了你的咖啡，早起趕來『過了就好』？

那是否也意味著，我真的也只是『過了就好』的顧客之一？

另一種咖啡因

文：六色羽

「妳喜歡喝抹茶咖啡嗎？」

剛剛在批鬥大會中，和我爭得面紅耳赤的財務主任，竟也正好在茶水間！

還未走出那場會議陰霾的我，直想調頭就走，但人在江湖身不由己，還是硬著頭皮，回答他的問話。

「我喝茶，也喝咖啡，但通常不會兩種加在一起。」

「是怕咖啡因含量太高嗎？」

「當然，感覺喝了，連下輩子都別想睡了。」

他欣然一笑，我詫異，平常總是板著一張正經八百表情的臉，似乎不曾看過他這樣從容的笑容，也和他剛剛為了擋我的案子面目猙獰的模樣天差地別。

「其實抹茶雖然含有咖啡因，但它同時也含有茶胺酸，茶胺酸本身具有平靜放鬆的作用，能延緩咖啡因的釋放，所以能進一步降低咖啡因的刺激，和咖啡因產生很好的綜合效果。聽了後，想要來一杯嗎？」

聽完我的確很訝異！本想拒絕他，但他已逕自從櫃子裡拿出經理自日本買回來的抹茶粉，我想阻止他，但他已迅雷不及掩耳地杓了一湯匙放入玻璃杯中，又順手擠了兩湯匙的蜂蜜，加少量水讓抹茶融化在蜂蜜裡，緊接再倒入冰塊蓋過玻璃杯中央。

他另外用個杯子倒入五十毫升的鮮奶油和少量糖漿後，再次加入一杓匙的抹茶，從流理台的抽屜拿出攪拌器，將它們打成奶泡狀，我現在才知道公司茶水間原來是刀械彈藥庫，連攪拌器都有！

拿起旁邊他事先泡好的黑咖啡，倒進加了冰塊的抹茶杯裡，再加入打好的抹茶奶泡，一杯被翡翠綠浸潤得層次分明的抹茶，連杯面也淌著沁涼人心的水滴，看起來色秀可人！

他把那杯遞到我面前：「雖然我們常常在公事上意見相左，但我覺得我們只是想把工作做好罷了。希望在工作之外，我們也能像這杯茶加咖啡一樣，雖然都含有強烈的咖啡因，但仍能相輔相成和平共處，妳覺得如何？」

我盯著他，這是我第一次心平氣和的看著他的眼睛，裡面滿是誠心誠意，和以前未發覺的另一面。這些日子以來，原來我們都被自身利益給矇蔽，忘了好好的認識過彼此，即使我們都已在同一屋簷下打拼了兩年還是三年？

我不得不問，身邊的人，真的是你所認識的那個人嗎？

走回辦公室，一杯寫著抹茶那堤的飲料放在我桌上，杯子上還有『過了就好』的Mark！

你來過？還是叫外送送過來的？我有多久沒去找你了？

我拿起那杯抹茶那堤，它卻輕盈的幾乎要飛了起來，我疑竇叢生的打開杯蓋，裡面竟空空如也？

你的召唤

文：六色羽

一進『過了就好』就看到一坨灰色的肉肉，伏在地上猛吃紅通通的西瓜和草莓，鮮豔豐富的碗裡，還加有晶瑩剔透的冰塊，牠吃得好幸福，小舌頭連鼻子都舔得濕答答。

你抱著幾包咖啡粉，從吧臺後走了出來，若無其事的問我：「想吃什麼？」

我擼著毛，轉頭盯著你，把空的抹茶那堤放在我辦公室桌上，不就意謂著『想喝就來找你嗎？』，還刻意問我想吃什麼？

我走向你坐下，把那個空杯放到吧臺上，你故作詫異的拿起空杯子看了一眼上面的標籤：「妳還留著杯子作環保嗎？」

「這不是你早上叫人放在我桌上的飲料嗎？裡面還是空的，心機很重。」

「那不叫心機重，叫宣傳好嗎？」

說完你嘴角揚起一抹狡滑得逞的微笑，轉移話題：「想喝抹茶那堤嗎？」

沒想到你會承認的那麼爽快，想起早上那杯同事特調的抹茶咖啡，甜得叫我頭皮發麻，今天我也不想再來第二杯濃烈的抹茶，雖然你泡的絕對不一樣。

「我想吃和貓咪一樣的冰沙，不想喝抹茶那堤。」

你的抹茶粉停在半空中，側著頭想了一會，「那喝焦糖可可咖啡碎冰沙如何？」

光聽那名字就十分誘人，我怎麼能夠拒絕？但我硬是改了你冰沙的配方：「我的甜度只要微甜，希望能加點榛果、冰沙顆粒粗一點。」

你備妥焦糖、榛果可可、冰塊、濃縮咖啡和牛奶後，就將它們全丟進製冰沙機裡打混，倒入玻璃杯後，在上面擠入慕斯奶泡，刨子刷幾下巧克力碎屑在慕斯上做點點裝飾，不到五分鐘，一杯叫人醉心的星冰樂就在我眼前登場。

我喝了一口，幸福的看向貓喵，小傢伙的碎冰西瓜草莓正好吃完，兩隻會蝕骨化綿的大眼睛正虎視眈眈的瞪著吃星冰樂的我。

我再也受不了那一波又一波的目光攻擊，於是挖了一口要餵牠吃時，你及時阻止：「英子不能吃巧克力和可可。」

我一愣！英子！你居然已經替這隻跑過來串門子，喝免費咖啡西瓜的英國短毛貓取名字了？而且還是一個充滿日本風味的名字。

牠不是這附近人家養的貓嗎？

你聳聳肩說，牠過來，我就叫牠英子，牠走了，那牠在外面，就會有牠自己的名字。你這邏輯真宛如貓是雲來著的，悄悄的飄來，又悄悄的飄走，不必為你留下任何一點痕跡。

你對感情若真的如此豁達，為何又要派外賣的人，送空的抹茶那堤特地去召喚我來呢？

摩卡想到麝香咖啡

文：六色羽

喝過你的星冰樂後，往後我再也無法任性不去『過了就好』。每晚和英子來一杯消暑，感受人生短暫的幸福。你看著我們吃得開心，漫不經心拖著腮隨口說，這種可可咖啡冰沙，簡稱就是摩卡冰沙。

我側著頭問，為何叫摩卡？

舉凡含有巧克力的咖啡飲品，都會被稱為摩卡；或者使用帶有非常強烈可可風味的摩卡咖啡豆沖煮出來的咖啡，也是摩卡咖啡。

摩卡，是葉門紅海港口的一個小鎮。有歷史學家推斷，咖啡是發源於葉門的阿拉比卡，而當時就是透過摩卡，出口到歐洲。但目前仍普遍認為衣索比亞才是咖啡的發源地，葉門的咖啡，可能是在十三或十四世紀，由阿拉伯人引入，供僧侶在夜間舉行宗教儀式時保持清醒飲用。

一五三六年鄂圖曼帝國控制葉門開始，咖啡就是維持帝國富裕的龐大商機。為阻止生豆外流，他們小心地保護咖啡的生產程序，將所有出口的咖啡豆浸泡在沸水中或先稍微烘焙加熱，讓咖啡豆停止發芽。

這種壟斷做法持續了一百五十多年，最後依然止不住這誘人的果實，被穆斯林的朝聖者偷走了七顆，最後外流至世界各國的命運。現在，葉門咖啡的出口量佔全球不到1%。

我開始想像，葉門咖啡鼎盛時的模樣。船舶靠港後，由駱駝背著咖啡，在炙熱的豔陽下，隨後搬運到地中海沿岸的埃及首都亞歷山大港，我穿戴著從頭覆蓋到肩，僅露出臉的全黑面紗，也穿梭在咖啡商旅的車隊中，金黃色沙丘上的海市蜃樓，蜇人的太陽幾乎要把我融化掉了。

好熱啊！趕快再吸一口星冰樂。英子輕喵了一聲，滿足的一口咬下草莓，可惜貓咪無福享受含有咖啡因這種香馥古老的美味。

但麝香貓會在夜間找尋到最肥美香甜的咖啡櫻桃吃，為何貓咪就不能吃咖啡啊？

過了就好有麝香貓咖啡豆嗎？

你說，現在麝香貓咖啡大部分是經由人工飼養，牠們每天都會被強加灌食很多的咖啡豆，麝香貓因此變得亢奮、不安。龐大的壓力，使牠們整天搖頭晃腦生不如死，精神不定甚至會咬自己的腿，造成血流不止甚至死去。

那樣不自然條件下產出的咖啡豆，味道與野生健康的麝香貓產出的咖啡豆完全無法相提並論，不但味道平淡無奇，也失去了該有的酸味及甜味。

最重要的是，杯杯殘忍，實在喝不下去。

咖啡因中毒的蜘蛛

文：六色羽

今早，我竟在『過了就好』的休息室醒來！

你則安然的睡在地板的床墊上，英子趴在你的肚子上，這畫面好不溫馨療癒，一個男人，一隻貓，還有一個路過的女人，一起在咖啡館過夜。

等等…一起過夜！

嗯～這樣真的好嗎？

此情此景實在是叫人匪夷所思，還有…我昨晚為何會在這裡睡著了呢？

我瞪大眼看著地上睡得香甜的你，不要隨便喝別人給你的飲料的警告，竟在腦袋裡轟然大作，但我喝的是含有咖啡因的飲料，又不是酒，應該是越喝越清醒，怎麼會連睡著了都不自知？

FM2！莫非那杯星冰樂被下了迷幻藥？連英子都睡得不醒喵事！

躡手躡腳的起身不想吵醒你，卻不小心去絆到你的長腳，一個噗通整個人跌趴到床尾的茶几上，印入眼前的動物叫我倒抽一口涼氣，兩隻黑得發亮的蜘蛛就在我眼前的玻璃缸裡。

我驚恐狼狽的坐起身遠離牠們，後面卻悠悠傳來低沈的嗓音。

「植物之所以會產生咖啡因，是因為它將咖啡因當成一種天然的殺蟲劑。如果昆蟲不加節制地食用含有咖啡因的果實、葉片或者種子，它們就會陷入憨呆狀態而輕易被天敵發現加以捕殺。」

意思是說，咖啡因本是植物們進行自我保護的一種防禦性武器，動物攝取過量不但不會變得更清醒，反而會使中樞神經系統過度興奮、心悸、腸胃紊亂、睡眠失調，適得其反，最後陷入痴憨狀況？

「妳有沒有發現玻璃缸裡的那兩隻蜘蛛有什麼地方不一樣？」

我心亂如麻的搖頭，牠們就毛得叫人發毛。

「牠們結出來的網不一樣。」你伸手指向一隻頹靡垂掛在一張結得亂七八糟網下的蜘蛛說：「這隻在攝入咖啡因之後的蜘蛛，連網都結不好了。」

心一怵，現在我成了那隻中毒的蜘蛛，而你，就是捕捉像我這樣不三不四蜘蛛的天敵嗎？

回頭，你的胸膛幾乎緊貼於我的背，看著你款款的眸子，往日的情懷竟被所有的猜忌給淹沒，我忍不住的問：「我怎麼會在你房裡？」

你咯噔一楞，才不慌不忙的說：「妳還記得昨晚英子吃完冰沙後，突然有些歇斯底里的往這間房衝了進來⋯」

不待你說完我恍然想起！

我追著英子進來後，看到牠繞著一隻飛蛾打轉，茶几上放著一瓶水果酒差點被牠給打翻。

我連忙拿起水果酒，四季香甜的氣息竟自瓶口四溢而出，我忍不住偷偷打開瓶蓋⋯偷偷地喝了一口⋯又一口⋯

值得等待的藍山咖啡

文：六色羽

如果你是咖啡，你會是哪一種咖啡？

藍山咖啡吧，它是一種值得妳漫長等待的咖啡。

要經過漫長的等待啊？我有些遲疑的問你，為什麼？

藍山咖啡的生產地，可是以出產世界最頂級的咖啡而聞名，當然值得一等。

它的生產地在哪裡？

牙買加東部、海拔高達二千四百公尺的藍山山脈。它一旁蔚藍的加勒比海，陽光把照射在海面上的藍，映射到藍山常年雲霧圍繞的山頭上，使得整座山脈，被渲染成藍與綠層層混雜的山影，宛如幽境，因此而得名。

難怪每次聽到藍山咖啡，腦子裡就會出現一座幽藍的山脈。所以是因為咖啡添加了如詩如畫的藍色光影，所以才成了世界最頂極的咖啡嗎？

你嚴肅的說當然不只。是因為藍山山脈除了高度夠高以外，還有肥沃的火山土壤，再加上涼爽的溫度與頻繁降雨老是霧氣濛濛的天氣，才讓這個地區能種植出得天獨厚的咖啡豆。

藍山咖啡具有優雅的清香，入喉後，綿延不絕的溫和滑順口感，還帶一點木質調味的回甘。

木質調味？聽過土質調味，卻顯少聽過帶有木質風味的咖啡豆。

嗯，因為它是目前世界上少數，還使用木桶包裝咖啡豆的產區。木桶在運送過程中能保證咖啡生豆的品質，經過特殊處理的木質，能夠很好地確保乾燥度與不受擠壓，且沒有味道。

木桶包裝！竟和名貴葡萄酒一樣。

木桶包裝上還蓋有經官方核可的章印，讓原本定義就很嚴格的藍山咖啡，更顯得珍貴。全牙買加只有在 1000-1600 公尺的海拔高度範圍內，並且必須是種植在聖托馬斯、波特蘭、聖安德魯和聖瑪麗區的咖啡豆才能冠上藍山咖啡之名，整個牙買加大約只有25%。

藍山咖啡不但產量稀少，摘採工作，還必須透過當地技術嫻熟的高山農民進行，再加上木桶講究的漫長運釀，才終於來到我們手中，每個步驟，是不是充滿等待的幸福感？

它的確是值得等待的咖啡。

可是我的青春有限，轉眼即逝，再頂極的美味，若是錯過了恰好的時間，也是無緣品嚐到的。

你木然的睨著我，好像我正處於幽幽藍山裡，在不超過 1000-1600 公尺處，遍尋能冠上藍山之名的咖啡豆卻不著。

你的眼裏是不是有笑？笑我何必那麼傻、那麼執著？想喝藍山咖啡，小七裡就有伯朗等著我了。

用錯名字的曼特寧

文：六色羽

我覺得曼特寧這咖啡的名字比較適合你，有種目空一切的決然，似乎什麼感情都打動不了你。

你不自在的反駁，原來我讓妳有這樣高冷的感覺！我可沒那麼無情無意，不就被英子打動了？

我內心拉拔高過八度音尖叫「英子打動了你？」

結果我比一隻毛主子還不如，我還比牠早出現在你『過了就好』。這場后宮喵嬛傳，我一開始就注定是輸的嗎？

你表情驀地變得嚴肅糾正我，曼特寧咖啡並不是生產在高冷海拔的咖啡，反而是生產於又熱又潮濕的赤道上，印尼蘇門答臘北部的亞齊與中北部的林東。

嗯？難道曼特寧不是它的產地？

不是，那其實是來自於二戰時期，一個用錯名字的故事。一名佔領印尼的日本軍官，某日在咖啡館喝了一杯讓他回味無窮的咖啡，於是他問了店家這是什麼咖啡？但因為語言上的隔閡，店家誤以為日本軍官問他來自於哪裡？於是就回答了『曼代寧族』。

就這樣，戰爭結束後，日本軍官始終帶著那樣的誤會回到了日本，因為忘不了那杯蘇門答臘咖啡，於是運了該地十五公噸的咖啡豆回到日本，在日本果然大受歡迎，曼特寧咖啡於焉傳開。

一段被誤會的名字，卻因為它本質醇厚強烈的香氣還是聲名大噪，可惜不是淒美的愛情故事。『曼特寧』猶如一個性格冷峻、內心卻熱情浪漫的少年該有的名字。

你唏得笑了出來，覺得我真的太多戲，才會有那樣的錯覺。

曼特寧的名字現在聽起來，也許能立即讓人聯想起濃烈咖啡的香味，但其實它咖啡豆的瑕疵比例卻很高。為了解決這問題，日本人藉由四次人工剃除瑕疵，精選出的咖啡豆，香氣更強烈、醇度更濃厚，再加上印尼獨特的濕剝式咖啡豆處理法，使得曼特寧幾乎喝不到酸的口感，入口的時還會有類似喝下牛奶的餘韻。

日本人將曼特寧命名為黃金曼特寧，後來卻因為該名字被普旺尼咖啡公司搶先註冊為商標，使得日人不得不將他們的黃金曼特寧，改名為鼎上黃金曼特寧。

名字由誤會而創立，還來了一場激烈的搶名大戰，最後得了「鼎上」和「黃金」等級的盛名。成功真的不是枉然、羅馬也不是一日造成的。

我看向喵皇英子，也許我們的名分之戰，也才剛要開始。

待消費者改變的店家

文：六色羽

來到你眼前的這杯讓人愛不釋手的咖啡，想過它原來是什麼模樣嗎？

你說它原產於非洲，是茜草科植物上紅色漿果裡的種子，從赤道來到港口、從農園來到都市，橫跨數萬公里的旅程，謹慎焙煎萃取成一杯毫不單純又誘惑人心的飲料。

這個釋放出各種驚艷美味的原野調性豆子，卻正在改變世界上許多熱帶生物的多樣性。為供應市場大量的咖啡豆需求，森林遭到濫砍以種植更多的咖啡樹，原本生命豐富多樣的森林一旦成了種植單一密集農作物的農場，不僅引發了可怕的病蟲害，也使許多珍貴稀有鳥類的棲息地遭到破壞，更多物種隨著森林的流失而滅種。

想到珍奇的鳥獸，正隨著我們啜飲的每一口熱騰騰咖啡而消失，放下杯子，盯著奶泡微蕩出黑不見底的漩渦，罪惡感也跟著深不見底的焦慮了起來。

我們是不是該做點什麼，才能避免讓災難繼續惡化下去？

豆的產地。

如果能做點什麼改變，也許能從我們消費習慣做起——選擇咖啡豆的產地。

例如選擇保護鳥獸棲地的樹蔭咖啡、或來自衣索匹亞或肯亞的咖啡豆，他們目前仍依照古制，在原有森林下種植咖啡樹，減輕與物種搶地盤的破壞，保留森林的豐富度和多樣性。

唯有消費型態的改變，才能逼迫業者以友善生態保護雨林的方式，生產咖啡豆，不再血汗森林。如果我們仍覺得改變太難或不想改變，但極端氣候帶來全球性如海嘯的災難，已容不得我們有更多的遲疑。氣候變遷、疫病蟲害和棲地流失……等問題，已使60％的野生品種咖啡，正面臨絕種的危機！

我們再不快點改變，可能將面臨的，是永遠無咖啡可喝的明天，到時這種濃純香的神奇味道，只剩下老一輩人的回憶。

我羨慕的望了英子一眼，牠為什麼都沒有世界末日的煩惱？每天都在呼嚕嚕的曬太陽睡大覺。

你說因為牠又不喝咖啡，也不賣咖啡，不會成癮也沒有罪。

我反問你，來到你眼前的每個過客，可曾問過他或牠的來歷？

你側著頭眼中流露出對我的好奇，但緊抿的薄唇似乎在等著我開口告訴你，我的一切。

英子驀地自窗台彈跳而起，在空中犀利的喵剎了一聲後竟降落在你肩頭上，又一躍而下溜得不見蹤影！一連串的重彈攻擊，你被牠壓得傾身跌進我懷裏。

我訝然的盯著你，也許：你就是那種需要消費者逼迫你，你才會改變的店家。

我款款的閉上眼睛，馥郁的咖啡香，在你的紅唇皓齒間流溢。

國家圖書館出版品預行編目資料

咖啡醉人／765334、六色羽　合著一初版一
臺中市：天空數位圖書　2023.02
面：14.8*21 公分
SBN：978-626-7161-57-9（平裝）
863.55　　112001850

書　　名：咖啡醉人
發 行 人：蔡輝振
出 版 者：天空數位圖書有限公司
作　　者：765334、六色羽
編　　審：品焞有限公司
製作公司：廣緣有限公司
美工設計：設計組
版面編輯：採編組
出版日期：2023 年 02 月（初版）
銀行名稱：合作金庫銀行南台中分行
銀行帳戶：天空數位圖書有限公司
銀行帳號：006－1070717811498
郵政帳戶：天空數位圖書有限公司
劃撥帳號：22670142
定　　價：新台幣 430 元整
電子書發明專利第　I　306564　號
※如有缺頁、破損等請寄回更換

服務項目：個人著作、學位論文、學報期刊等出版印刷及DVD製作
影片拍攝、網站建置與代管、系統資料庫設計、個人企業形象包裝與行銷
影音教學與技能檢定系統建置、多媒體設計、電子書製作及客製化等
TEL　：(04)22623893　　MOB：0900602919
FAX　：(04)22623863
E-mail：familysky@familysky.com.tw
Https　://www.familysky.com.tw/
地　址：台中市南區忠明南路 787 號 30 樓國王大樓
No.787-30, Zhongming S. Rd., South District, Taichung City 402, Taiwan (R.O.C.)